레나
비스

마일
God bless me?
저, 능력은 평균치로 해달라고 말했잖아요!

12
저, 능력은 평균치로 해달라고 말했잖아요!
God bless me?

【티루스 왕국】

C등급 파티 '붉은 맹세'

성격 강한 신인 헌터.
공격마법이 특기.

이세계에서 '평균적'인 능력을
부여받은 소녀.

검사.
신입 파티 '붉은 맹세'의 리더.

신인 헌터.
상냥한 소녀지만…….

원더 쓰리

고등학생. 어린 소녀를 구하고
이세계로 전생했다.

레니

여인숙 소녀.
경제 개념이 철저하다.

【브란델 왕국】

대체로 우수.
헌터의 지원도 맡았다.

용종의 정점에 서 있는 세계 최강 생물.
인간의 언어로 말하며, 지능도 인간 이상.

브란델
왕국
바노라크 왕국
카라미테이
아스컴으로
돌아가는 반환점
여인숙 사건이
일어난 마을
아스컴령
침공군
왕도
샤레이라즈
왕도
마일이
헌터 등록한 마을
티루스 왕
'붉은 맹세
등록국
아르반 제국

트리스트 왕국
왕도
마레인
왕국
마판
도시
도시
왕도
드워프 마을
그레데마르
God bless me?
WORLD MAP

지난 줄거리

아스컴 자작가의 장녀 아델 폰 아스컴은 열 살이 되던 어느 날, 강렬한 두통과 함께 모든 것을 기억해냈다.

자신이 예전에 열여덟 살의 일본인 쿠리하라 미사토였다는 것과 어린 소녀를 구하려다가 대신 목숨을 잃었다는 것, 그리고 신을 만났다는 사실을…….

너무 잘나서 주변의 기대가 커, 자기 생각대로 살 수 없었던 미사토는 소원을 묻는 신에게 이런 부탁을 했다.

"다음 인생에서 능력은 평균치로 부탁드립니다!"

그런데 뭐야, 어쩐지 이야기가 좀 다르잖아!

나노머신과 대화를 나눌 수 있고, 인간과 고룡의 평균이어서 마력이 마법사의 6,800배?!

처음 다닌 학원에서 소녀와 왕녀님을 구하기도 하고.

마일이라는 이름으로 입학한 헌터 양성 학교에서 동급생들과 결성한 소녀 사인조 파티 '붉은 맹세'로 대활약!

신인 파티의 등용문인 '수행 여행' 중에도 '정체불명의 아가씨'를 구하고, 고룡과 전투까지 벌이게 되는데!

산속에서 아이들을 구했더니 이번에는 살아 있는 '선사 문명'의 유적을 맞닥뜨린다!

끊임없는 대소동 속에서 '붉은 맹세'는 그리운 티루스 왕국으로 돌아오게 되는데…….

God bless me?

CONTENTS

레니짱 분투기
(『레니짱 총집편』)

레니짱 분투기 (『레니짱 총집편』)

내 이름은 레니. 이 여인숙의 간판이자 마스코트 소녀. 그리고 모두의 아이돌이다.

지금 여기에, 이 여인숙의 역사로 나의 반평생을 담은 기록을 남긴다…….

“또 뭘 쓰나 했더니……. 종이랑 잉크랑 돈이 얼만데, 함부로 낙서하지 마! 그리고 너, 이제 고작 11살 아니니? 그런데 『반평생』이라니……. 너 22살에 인생 마감할 거야?”

“몰라! 점심 전까지는 카운터 일도 별로 없는데, 시간 좀 보내면 어때서!”

……기록을 남긴다…….

* *

제가 처음 그녀를 만난 건 반년에 한 번 있는 헌터 양성 학교 입학식이 있었던, 그러니까 지금으로부터 9일 전이었습니다.

기숙사에는 입학식 3일 전부터 들어갈 수 있다며 그전까지 6일

정도 머물기 위해 우리 여인숙을 찾아온, 얼굴에 나 시골에서 왔어요, 하고 쓰여 있는, 어딘지 어리바리한 12살 무렵의 여자아이.

……네, 나중에 C등급 헌터가 되는 마일 언니입니다.

그녀가 문을 열고 들어왔을 때, 여인숙의 베테랑 종업원으로서 저는 촉이 왔습니다.

'시골에서 이제 막 상경한 얼빠진 얼굴. ……봉이네요!'라고…….

아니아니아니아니아니!

'끝까지 함께할 손님이네요!'라고…….

그리고 반년 후.

헌터 양성 학교를 무사히 졸업한 마일 언니는 은혜를 잊지 않고 동료들과 함께 우리 여인숙을 파티 거점으로 선택해주었습니다.

그리고 신규 파티여서 수입이 불안정하다며 폴린 언니가 뻔뻔한 얼굴로 가격 흥정에 나섰지요.

평소 같으면 단칼에 거절하겠지만, 그때 저의 회색 뇌세포가 속삭였습니다. '이 사람들은 반드시 도움이 될 것이다!'라고…….

그래서 아버지와 어머니를 설득해, 할인에 응해 주었습니다.

……어떤 조건과 맞바꿔서.

그래요, 마일 언니와 레나 언니는 둘째 치더라도 폴린 언니와 메비스 언니는 분명히 도움이 될 거예요! 반드시, 손님 모집에 공헌해줄 게 틀림없어요!

그리고 제 의도대로 순조롭게 손님들이 몰려들기 시작했습니다.

폴린 언니 때문에 온 남성 손님, 메비스 언니 때문에 온 여성 손님들도 있지만, 젊은 여성 파티가 상주한다는 사실이 안락하고 안전한 여인숙이라는 선전이 되어 상인과 일반 손님들도 늘어났습니다. 크크큭, 계획대로 되고 있어요…….

그리고 의리 있고 이치에 맞는 요구는 거절하지 못하는 마일 언니의 '메이드 카페'인가 뭔가 하는 이상한 접대술. 그걸 전수한 폴린 언니와 메비스 언니의 활약.

후후후, 그것참 괜찮았죠~…….

단골손님 속출, 룰루랄라예요!

별로 도움이 안 되고…… 빈유에…… 전투력이 낮을 줄 알았던 마일 언니의 뜻밖의 활약은 너무나 기쁜 오산이었습니다.

그리고 마찬가지로 전투력이 낮을 줄 알았던 레나 언니는 마일 언니가 모두에게 알려준 정체 모를 접대술, '메이드 카페'가 싫었는지 손님에게 싸늘한 태도를 보이기도 하고, 머리를 쓰다듬으려 드는 손님에게는 시뻘게진 얼굴로 화를 내기도 해서 걱정했는데, 무슨 영문인지 도리어 엄청난 인기를…….

모르겠어요! 그게 왜 인기 있는지 도통 모르겠다고요!

마일 언니가 '여기서도 효과가 있는 건가요, 츤데레……'라고 말했는데, 무슨 소린지 전혀 알 수 없고요.

대단하다, 수수께끼 접대술 '메이드 카페'…….

하지만 '붉은 맹세' 언니들이 일하러 멀리 나가 있을 때는 '왜 그 애들이 없는 거야!' 하는 불평들이…….

우리 종업원이 아니니까 어쩔 수 없잖아요! 언니들의 본업은 헌터인걸요…….

또 마일 언니는 희귀한 수납마법 보유자인 것도 모자라 상식을 깨는 대용량!

그래서 일반 헌터들은 대형 마물을 쓰러트리더라도 짊어질 수 있을 만큼의 소재와 고기밖에 못 들고 돌아오는데, 언니들은 잡은 사냥감을 통째로 가져올 수 있어서 저에게 항상 대량의 고기를 선물로 준답니다!

아무리 그래도 비싸게 팔리는 부위나 고가의 소재 가치가 있는 건 길드에 팔지 않으면 길드 직원이 싫어하겠지만, 일반적인 부위나 고기가 질겨서 싼 부위라면 그리 빡빡하게 굴지는 않는 모양입니다. ……'딱딱한 부위'인 만큼…….

뭐, 그야 그렇겠지요. 원래 언니들이 길드에 파는 고기의 양은 다른 파티와 비교도 되지 않을 테니까요…….

무게 300kg짜리 오크를 사냥했다고 가정했을 때, 정육과 먹을 수 있는 내장 부위는 대략 그 절반.

서너 마리 무리를 쓰러트렸다면 상품 가치가 있는 부위는 약 450~600kg.

대여섯 명으로 구성된 파티가 무거운 무기와 방어구를 장비하고 야영 도구와 온갖 짐까지 짊어진 상태로, 숲에서 도시까지 그 전부를 옮기기란 불가능합니다.

하지만 언니들은 그걸 전부……, 아니, 한 번의 사냥으로 수많은 무리를 사냥해서 몇 마린지 셀 수도 없는 것을 다 가지고 돌아온다니까요…….

반칙 아닌가요오오오!

우리한테도 나눠 달라고오오오오오!

……아, 나눠주고 있나요, 그런가요…….

으으으음…….

뭐, 어쨌든 언니들은 통이 크고(폴린 언니는 빼고) 장래 유망하며 우리의 물주…… 아니, 단골이자 재미있는 이야기를 많이 들려주는 어리석은…… 아니, 친절한 손님이었습니다.

그리하여 순조롭게 손님이 늘어났고, 우리 여인숙은 '수납 소녀가 상주하는 곳'이라는 이명을 갖게 되며 점차 명성을 얻게 되었습니다.

우리 여인숙의 앞날이 밝으니, 제가 결혼해 이곳의 안주인이 될 때 즈음에는……, 하고 생각하고 있었습니다.

……네, 악몽의 그 날이 오기 전까지는요…….

어느 날 갑자기, 언니들의 입에서 나온 믿기 힘든 배반의 말!

언니들이 우리 여인숙에 상주한 지 슬슬 한 달이 다 되어가던 어느 날. 호위 임무로 조금 먼 곳에 나가 있던 언니들이 돌아와 터무니없는 말을 꺼냈습니다.

"주머니 사정이 좋아졌으니 다른 여인숙으로 옮기려고."

뭐, 뭐시라아아아아~~?!

지금까지 키워준 은혜도 잊고, 이게 무슨 태도야!

비유하자면 그런 거죠, 유랑극단이 오갈 데 없는 고아를 거두어 어엿한 성인으로 키워놨더니 '저는 돈을 잘 벌 수 있는 일류 예술인이니까 더 큰 극단으로 옮길게요' 하고 나오는 녀석! 돈 들여 먹이고 입히고 가르쳐준 은인을 배신!

용서 못 해!

"그런! 지금까지의 은혜를 잊다니, 너무해요!"

"아니, 그건 정당한 거래였지. 서로의 이익이 맞아서 합의한 거로 기억하는데?"

윽…….

한 달이나 우리 여인숙에 머물게 하고 밥도 먹여 주었건만!

……물론 돈은 다 받았지만…….

숙박비도 대폭 할인해줬는데!

……물론 대신 다른 손님에 대한 접객 서비스를 요구하긴 했지만…….

그, 그래도! 그래도 '은혜'라는 것을…….

은혜. 은혜……. 으으으으은혜에~~!

손님 모집 효과 최고인 언니들을 지금 잃는다면!

은밀히 계획했던 저녁 시간대의 '미소녀 헌터 가요쇼'라든지 조식 때 '오늘 하루도 힘내세요!' 하고 말 걸어주기 서비스 등 수많은 기획이…….

필사적으로 설득해보았지만 '돈에 여유가 생겼으니까 이제 창피한 접객은 사양이다', '목욕탕이 없는 곳은 싫다'며 완강히 거부.

접객 쪽이야 양보할 여지가 있다고 해도 목욕탕은…….

주머니 사정이 좋은 손님을 받는 고급 여인숙이라면 모를까,

우리같이 '값싸고 마음 편한 곳'이라는 점을 무기로 내세우는, 일반인을 상대로 한 평범한 여인숙은 건설비와 물을 긷고 끓이는 데 들어가는 인건비 그리고 땔감 값을 생각하면 도저히 지을 엄두도 나지 않습니다. 저렴한 여인숙에서 목욕비를 너무 비싸게 받을 수도 없는 노릇이고, 애당초 그렇게 비싸면 누가 이용하겠어요.

아아아, 어쩌냐아아아아!

……그렇게 절망의 늪에 빠져 있는데, 마일 언니로부터 구원의 목소리가!

마일 언니가 목욕탕을 만들어 준다고? 심지어 공짜로! 덤으로 물마법과 불마법으로 급수, 급탕까지!

얏호~!

우리 군은 전멸의 위기에서 단번에 역전하고 무수한 무기를 손에 넣었도다아아아아!

그리하여 순식간에 목욕탕이 완성되었습니다.

마법이란 참 굉장해요! ……반칙 아닙니까, 젠장맞을!

그리고…… 저는 신고식이라며 억지로 목욕탕 속에 끌려 들어가고 말았습니다…….

의기소침해하며 죽은 동태 눈알을 한 레나 언니와 마일 언니.

……그러니까 하지 말라고 했는데도…….

제가 늘 체형이 드러나지 않는 펑퍼짐한 옷을 입고 있는 이유는 가슴 작은 손님을 배려한 것이거든요…….

뭐, 남자 손님들이 힐끔힐끔 훔쳐보는 게 싫은 이유도 있지만…….

어쨌든 제 탓이 아닙니다! 자업자득이라고요, 이건!

……그리하여 야식과 과일물 무료 제공이라는 조건으로 언니들에게 마법으로 급수 및 급탕을 부탁해, 공짜나 다름없는 운영 경비로 목욕탕 서비스 제공을 실현! 우리 여인숙의 이름은 여성 손님을 중심으로 왕도 전체에 퍼져나갔습니다!

푸하하.

푸우~하하하!

……이겼다.

계획대로…….

라고 생각했건만.

호위 의뢰를 받아 멀리 떠난다고라고라~?!

……죽었다.

이미어마하게 넓은 욕조를 만든 바람에 우물에서 물을 길어 욕조를 채우려니 정신이 혼미해질 정도의 횟수가…….

심지어 욕조뿐만이 아니라 급탕 탱크랑 저수탱크에도 채워야 하고. 게다가 그 둘은 2m 정도 높이의 대 위에 놓여 있습니다.

……즉, 물을 붓기 무척 힘들다는 뜻이지요.

그동안 언니들이 마법으로 손쉽게 부어줘서 안일하게 생각했습니다…….

술과 안주를 미끼로 마술사 헌터한테 부탁했더니, '물을 만드는 마법은 같은 장소에서 어느 정도 쓰다 보면 어느 순간 효율이 확 떨어지기 때문에 한 번에 그렇게 많은 양의 물을 만드는 건 무리'라고 했습니다. 언니들은 늘 무한정 만들었는데! 젠장, 삼류 마술사 놈 같으니라고!

뭐, 급탕은 웬만큼 솜씨가 서툰 사람이 아니면 불마법을 물에 푹 담그는 방법으로 어떻게든 되었지만, 그것도 제가 언니들이 하던 방식을 상세히 설명해서 겨우 된 느낌이었고. 젠장, 삼류 마술사 놈 같으니라고!

……어쩌면 언니들, 사실은 엄청난 실력자…… 에이, 아니지, 아니야! 양성 학교를 이제 갓 졸업한 신참들인데! 뭘 착각하는 거야, 내가…….

일이 그렇게 되자 어머니가 '카운터는 됐으니까 레니는 목욕탕 준비에 전념하도록 해'라고…….

아니, 아버지야 요리를 하시니 어쩔 수 없다지만, 어머니는 물을 길어오는 것 정도는 해도 문제없잖아요?

그렇게 말했더니 시선을 회피했습니다.

뭐야, 그게에에에에!

……하아하아.

아무튼 '부모의 권한'으로 그렇게 정해졌습니다. ……정해지고 말았습니다아앗!

그렇게 시작된 지옥의 나날들.

긷고 또 긷고, 붓고 또 부어도 수면이 상승할 기미가 전혀 보이지 않는 욕조와 저수탱크.

긷고 긷고 긷고 길어도 거의 변화가 없는, 무한히 이어지는 지옥.

그리고 신체적 타격은 근육통 같은 잔잔한 것들이 아니었습니다.

하루는 손에 힘이 빠지는 바람에, 두레박이 손바닥을 긁으며 우물에 도로 떨어졌습니다. 당연히 손바닥은 까졌고요.

또 하루는 급수탑으로 올라가다가 무릎이 삐끗해, 물이 든 통과 함께 굴러떨어졌습니다.

……죽어! 이러다 죽는다고오오오!!

그리고 진짜, 농담이 아니라 정말로 죽겠다 싶을 무렵에 언니들이 일을 마치고 돌아왔습니다.

살려줘! 아니, 진짜 진지하게!

응응, 나를 죽일 뻔한 책임은 지게 할 거야, 물론!

……그리하여 도움을 받았습니다.

또 욕조 구획 나누기, 급수 작업에 고아를 고용하기라는 두 가지 획기적인 안건이 나와서 저는 무사히 사망 플래그를 꺾는 데 성공! 그리고 며칠간의 지옥 체험으로 배랑 팔뚝의 지방 플래그도 꺾었어요!

얏호!

……그러나 기쁨도 잠시.

네에에?! 수행 여행을 떠난다고라고라?!

이르잖아! 아직 너무 이르다고요, 언니들!

……물론 내가 봤을 때 이야기지만!

하지만 C등급 헌터 파티의 숙명인 수행 여행.

이것만은 아무도 막을 수 없습니다. 그건 누구나 잘 아는 사실입니다. ……물론 저도요.

어떻게든 막고 싶은데.

하지만 막으면 막을수록 더 불타오르는 것이 수행 여행의 동경과 갈망이라고들 합니다.

……막아봐야 헛수고. 역효과…… 아니, 어차피 저는 막을 방법도, 그럴 권리도 없습니다. 언니들의 수행 여행을 막을 권리 따위…….

수행 여행을 떠난 파티가 모두 무사히 돌아올 확률은 그리 높지 않다고 합니다. 수행이라면서 무리하게 우쭐한 태도로 난도 높은 의뢰를 받기에 십상이니까요…….

부상자가 나올 확률이 1할 정도인 의뢰라도 다섯 번 받으면. 열 번 받으면…….

그리고 돌아온 사람들의 표정이 어둡고, 몇 명은 모습이 보이지 않거나 한쪽 팔 혹은 한쪽 다리를 잃은 사람이 있다거나, 아무리 기다려도 영영 돌아오지 않는다거나…….

'돌아오면 또 여기서 묵을 거야. 그때 여행 이야기를 들려줄게!' 하고 약속해놓고. 그렇게 단단히, 몇 번이나 약속해놓고…….

하지만 만남과 이별은 여인숙을 운영하는 사람의 숙명입니다.

그러니 웃으면서 보내드립니다.

아무리 여인숙에 공헌해준 사람들이라 해도.

아무리 재미있게 놀아준 사람들이라 해도.

아무리 재미있는 이야기를 많이 들려준 사람들이라 해도.

여행을 떠나는 사람에게 눈물을 보일 수는 없습니다.

웃으며 배웅하고 또 웃으며 맞이하는 것이, 여인숙의 훌륭한 종업원입니다.

……하지만 모두 떠나고 난 뒤라면 괜찮아요. 왜냐하면, 저는 아직 열한 살이니까요.

으아아아아앙~~!

혼자 울고, 울고, 울고, ……그리고는 목욕탕 물을 긷습니다.

오늘부터는 마법으로 손쉽게 급수해 줄 언니들이 없으니까요.

고아들이 일하러 올 때까지 조금이라도 더 길어 놓으면 그 아이들이 조금이나마 편해집니다.

심부름 삯은 '1회당'으로 정해져 있어서 제가 좀 도와준다고 해서 그 아이들이 받을 금액이 달라지지는 않습니다.

그리고 울어서 퉁퉁 부은 눈으로는 카운터에 설 수 없어요…….

그래서 물을 옮기는 데 쓰는 나무통이 놓여 있는 목욕탕 쪽으로 갔는데…… 목욕탕 바로 옆에 '그것'이 있었습니다.

……구멍.

지름 60cm 정도 되는, 구멍.

그 주위를 폭 20cm, 높이 1m 정도의 돌처럼 단단한 우물 벽이

에워싸고 있었습니다.

……그렇습니다, 우물이었습니다.

누가 봐도, 우물. 보이는 그대로, 진짜 우물.

어제까지는 흔적도 없었던 우물.

그걸 하룻밤 사이에 만들 수 있는 사람이 누구인지는, ……당연히 알 수 있었습니다.

아하.

아하하.

아하하하하!

우리 집은 여인숙입니다.

손님은 대부분 아주 잠시 머물렀다 가는 여행자, 일시적인 이방인.

평범한 손님도 질 나쁜 손님도, 친해지는 손님도 있지요.

다시 오는 손님도, 두 번 다시 오지 않는 손님도, ……그리고 두 번 다시 오지 못하게 된 손님도…….

원래라면 온 대륙을 다니는 손님들이 묵고 가는 이 여인숙에 있는 저는 아마 평생 이 도시의 밖으로 나갈 일이 없겠지요.

매일 카운터를 보고, 물을 길어 나르고, 침대 정리를 하며 보내겠지요.

……하지만 이대로 끝내지 않을 거예요.

반드시 성공해서 한밑천 잡을 거예요.

우리 집을 이 도시 최고의 여인숙으로.

팔자를 고쳐 신분 상승해서——.

이 여인숙에 상주하는 헌터가 엄청나게 유명해지면, 그 유명세에 편승해서——.

이 모든 가능성에 걸고, 언젠가 반드시 승리를 거머쥘 거예요.

레니는 포기하지 않아요.

……무슨 일이 있어도!

제85장 제국은 무척 강해

제85장 제국은 무척 강해

""""""……『붉은 의뢰』인가?""""""

"…………."

마일 일행이 콕 집자 대답하지 못하는 길드 마스터.

……확정이었다. '붉은 의뢰'였다.

붉은 의뢰라는 점 하나만으로도 일반 헌터는 거절하겠지.

아무리 길드 마스터의 지명 의뢰라고 해도, 수지에 맞지 않는 의뢰나 살아 돌아오지 못할 수도 있는 의뢰는 도저히 받을만한 게 아니었다. 공적 포인트가 많아도 죽으면 다 소용없으니까.

물론 막대한 이익을 얻을 수 있다면 어느 정도의 위험은 감수할 수도 있겠지.

하지만 그 이익과 위험 정도가 균형이 맞지 않기에 '붉은 의뢰'라고 하는 것이다.

설령 10년 정도 놀고먹어도 충분히 살 수 있을 반큼의 보수를 준다고 해도 살아 돌아올 확률이 1할 미만이라면 그건 '수지에 맞지 않는 일'이다.

……요컨대 받아들이면 안 되는 의뢰다.

그래서 대부분은 거절한다.

……일반적인 헌터라면.

"자세한 설명을 부탁드립니다."

그리고 물론 '붉은 맹세'는 일반적인 헌터가 아니었다.

"그렇다고 해서, 받아들이기로 한 것은 아니에요. 일단 사정과 의뢰 내용과 조건을 확인하는 것일 뿐이에요."

메비스의 말에 다소 안심한 듯한 길드 마스터였으나, 이어서 나온 폴린의 말에 다시 표정이 굳어졌다.

"물론이지. 의뢰 내용 설명도 없이 무턱대고 떠넘길 생각은 없고, 그렇게 해서 의뢰를 받아들이는 헌터도 없겠지. 너희, 얼마 전 아르반 제국이 브란델 왕국을 침략하려 했다는 소식은 알고 있나? 브란델 왕국이 뜻밖에 신속하게 전력을 다해 즉시 반격하면서 실패로 돌아갔지만……."

"아, 네, 네에, 대충은……."

알고 말고 할 것도 없이, 현장에 있었던 당사자였다. 그래서 메비스가 살짝 동요하며 대답했다.

"아아, 그렇군, 당시에 너희는 서쪽 여행 중이었다고 했지. 그럼 당연히 알겠군……. 그럼 『암로스 방면의 비정규 전쟁』에 대해서는……, 어라, 나 바보야?! 바로 너희가 당사자잖아……!"

""""아하하…….""""

다른 것도 당사자인데, 하는 마음의 소리를 억누르고 멋쩍게 웃는 '붉은 맹세' 멤버들.

"아무튼, 수상쩍은 제국의 동태를 파악하려고, 왕궁 쪽에서 정보 수집을 위한 팀을 파견하고 싶어 하는데, 당연히 상대도 그걸 이미 예상할 테니 입국자 중 수상한 사람에게는 감시가 붙어서 혹시라도 간첩이라는 것이 들통나면 다 죽여 버릴 게 틀림없어. 상대도 전문가를 내보낼 테니, 수상한 행동을 하지 않더라도 몸놀림과 시선, 걸음걸이, 기타 여러 가지 특징을 보면 군인이나 간첩 훈련을 받은 자라는 사실을 바로 간파할 수 있을 테지. 그런 그들의 눈을 속이려면……."

"상대의 눈을 잘 속일 수 있는 자를 보내야 한다고요?"

메비스의 말에 고개를 가로젓는 길드 마스터.

"상대의 눈에 띄지 않도록 은밀히 움직이는 사람?"

폴린의 말에도 고개를 가로젓는 길드 마스터.

"따라붙는 놈을 다 죽일 수 있는 사람?"

"그러면 전쟁 난다고!"

레나의 말은 그대로 넘겼다. 그리고…….

"일부러 초보를 보낸다?"

"음……?"

마일의 말에 어리둥절해진 길드 마스터.

"아하하, 그건 아니지."

"마일, 아무리 그래도 그건 좀……."

"너무 아무렇게나 말하지 말라고! 우리를 바보로 보는 거야?!"

"…………."

잇달아 마일의 생각을 부정하는 메비스, 폴린, 레나 그리고 침묵하는 길드 마스터.

"……엥?"

"에엥?"

"에에에에에엥?"

""""설마…….""""

말없이 고개를 끄덕이는 길드 마스터와 에헴, 하고 의기양양한 표정을 짓는 마일.

""""희생양인 거냐고오오오!""""

"……그런데 그 『초보』라는 거, 물론 저희를 가리키는 말은 아니겠죠?"

""""음?""""

레나를 비롯한 세 사람의 성난 목소리에 험악해진 분위기가 마일의 말에 겨우 가라앉았다.

"당연하지! 정보를 모아 분석한 후 필요한 정보만을 가려내야 하는데, 그건 초보가 할 수 있는 일이 아니야. 나름대로 교육을 받은 전문가가 아니고서야……."

"그럼 초보가 아니잖아!"

길드 마스터의 설명에 그렇게 따지고 드는 레나.

"봐서 들키는 건 신체 훈련과 무술을 익힌 사람들이니까, 정보 처리만 뛰어날 뿐, 형식적으로 관청 업무밖에 못 보는 꽉 막힌 쭉정이들이라면 문제없어. 너희는 그냥 평소대로 그 녀석들을 호위하기만 하면 되고. 그 이외의 행동, 그러니까 간첩질 따위를 의뢰하는 게 아니야. 요컨대 호위 대상과 목적지가 특수해서 『특별 의뢰』인 것일 뿐, 너희에게 의뢰하는 내용은 그저 호위에 불과해. 아무리 간첩처럼 보이지 않는 자들이라고 해도 호위가 너무 강해 보이거나 병사가 변장한 것처럼 보이면 아무 의미도 없으니까 말이야. 어떤 착오가 생겨도 병사라고 의심받을 염려가 전혀 없고, 어쩌다 우연히 일반 도적이나 마물이 습격해도 전멸당할 걱정이 없으며, 만일의 사태가 벌어져도『아니지. 이 녀석들이 간첩일 리는 없지……』하는 생각이 들게 할 수 있는 완벽한 선택이라고."

"""""…………."""""

마일을 제외한 세 사람이 입을 다물었지만, 다들 길드 마스터의 말을 이해한 후에는 그다지 불쾌해 보이지 않았다.

과연 잘못했다간 제국 병사의 공격을 받을 가능성이 있다.

하지만 불합리한 의뢰나 고압적으로 떠넘기려는 일을 거절한 적은 있어도 '위험하다'는 이유로 의뢰를 거절할 '붉은 맹세'가 아니었다.

게다가 암로스에서 도적으로 위장한 병사의 파괴 활동이나 요정 사냥 때 마을 사람을 향한 모반 선동, 그리고 마일의 고향을 침략하려 했던 것 등, 제국이 한 짓은 대부분 '붉은 맹세'의 가족과 소중한 사람들의 안전과 미래를 위협하는 적대 행위였다.

게다가 잘못했다가는, 아니 잘못하지 않아도 다시 이 나라와 마일, 아니 아델의 모국인 브란델 왕국을 침략할지도 몰랐다.

……그럴 확률이, 높았다.

또 이 의뢰가 길드 마스터의 발안일 리는 없었다.

이것은 분명히 국책 안건이지, 아무리 왕도 지부라 해도 일개 헌터 길드 마스터가 낼 수 있는 의뢰가 아니다.

게다가 조금 전에 길드 마스터는 호위 대상을 두고 '정보 처리만 뛰어날 뿐, 형식적으로 관청 업무밖에 못 보는 꽉 막힌 쭉정이들'

이라고 표현했다. 그런 사람들이 길드 지부에 있을 리 없었다. 만약 있다면 그건 군의 상급 사령부나 왕궁 쪽 사람 정도겠지.

그런데 만약 그런 의뢰를 낸 곳이 왕궁이라고 쳐도, 그 자리에 '붉은 맹세'를 넣기로 생각한 것은 의뢰자일까 아니면 길드 마스터일까…….

서로의 표정을 확인한 후 레나가 선언했다.

"이왕 이렇게 됐으니, 우리가 그 붉은 의뢰를 받을게!"

그것 말고 다른 대답 따위는 있을 리가 없었다.

그녀들은 A등급을 목표로 한 신입 C등급 파티 '붉은 맹세'니까.

그리고 여느 때와 다름없이 메비스가 슬픈 목소리로 중얼거렸다.

"저기, 파티 리더는 난데……."

* *

"또 원정을 떠나야 하나요……."

"그래도 이번엔 그렇게 장기간이 아니고 단순히 『조금 긴 호위 의뢰』에 불과하니까. 한 달 정도 걸리는 호위 의뢰야 흔하잖아."

숙소로 돌아오는 길에 투덜대는 마일을 폴린이 달랬다.

"그야 그렇지만……. 마치 우리가 돌아오기만을 기다렸다는 듯이……."

"아니, 실제로 기다린 게 아닐까?"

"네?"

메비스의 말에 놀라는 마일.

"그야 어느 정도 기다려도 우리가 돌아오지 않았으면 당연히 다른 파티에 의뢰했겠지만, 그래도 웬만하면 우리에게 맡기고 싶다고 생각했을 거야. 아마 처음부터 우리가 휴식이 끝날 때 주려고 했겠지. 우리의 휴식 기간은 다른 파티보다 훨씬 짧으니까. 다만 도중에 『여신의 종』이 나타나는 바람에 그녀들이 떠날 때까지 좀 더 기다려 줬다. 그렇게 생각하면 딱 맞잖아?"

보통은 일개 C등급 파티를 그 정도로 배려하는 길드 마스터란 없다. 만약 메비스의 말이 사실이라면 그건 상당한 특별대우였다.

"그런가……."

레나는 반신반의했지만, 사실이 어떻든 결과는 달라지지 않는다.

길드 마스터는 그 의뢰를 '붉은 맹세'에게 내밀었고 '붉은 맹세'는 그것을 받아들였다.

단지 그게 전부인 이야기였다.

"네에에? 또 떠난다고요? 돌아온 지 얼마 되지도 않았잖아요, 언니들!"

아연실색하는 레니.

"아니, 이번엔 『여행』이 아니야. 그냥 소규모 상단의 호위 의뢰를 받은 것일 뿐이어서, 다른 나라에 갔다가 돌아오는 지극히 평범한 헌터 일이지."

메비스가 그렇게 말하자, 레니는 입을 꾹 다물었다.

그녀는 나머지 세 사람에게는 거침없이 말하면서 무슨 영문인지 메비스에게는 강하게 나가지 못했다.

"레니가 기다리고 있다고 생각하면 우리도 살아서 돌아가자는 의지가 마구 샘솟으니까!"

"아, 아앗……."

그 말에 레니는 볼을 살짝 붉히며 주방 쪽으로 뛰어 가버렸다.

"너……."

"응? 왜?"

어이없어하는 레나와 레나의 그러한 반응이 이해되지 않아 어리둥절한 표정을 짓는 메비스.

……소녀 마음을 쥐락펴락, 무섭구만!

레니에게는 그렇게 말했지만, 호위 의뢰라도 여행은 여행이다. 의뢰 내용을 봐도, 단순히 짐을 운반하면서 각지를 얼른 돌고 오는 게 아니라 각지마다 얼마간 머물러야 하니 한 달 가까이 걸리는 여행인 셈이다.

'붉은 맹세'는 여행 준비 따위 할 필요가 없었으므로 걸리는 일수야 아무래도 좋았다. 어차피 모든 짐과 막대한 식량, 식용수(그때마다 마법으로 만들 수 있지만 일단 준비는 해둔다), 일용품 등은 전부 마일의 아이템 박스(수납)에 들어 있으므로 '여행 준비', '짐 싸기', '필요한 물건 챙기기' 등의 개념 자체가 없었다.

'위험해. 이제 마일 없는 헌터 생활은 상상도 못 하겠어……'

마일 없는 헌터 생활이라는 것을 잊지 않도록 여러 차례 스스로 경계한 레나지만 이제 수납(아이템 박스) 없는 여행은 상상할 수 없게 되고 말았다.

레나조차 이러니, 마일 없는 헌터 생활 경험이라고는 예전에 마일이 휴가를 얻었을 때 한 '마일을 뺀 훈련' 밖에 없는 메비스와 폴린은 위기감이 거의 없을 수밖에.

둘은 그때 겪은 불편함을, 마치 도시 아이가 불편한 캠핑 생활을 즐긴 것 마냥 '좋은 경험을 했다' 정도로만 여겼다.

아마도 동료를 잃어 본 경험이 없는 둘은 헌터로 있는 한 네 명이서 해나가는 이러한 생활이 영원하리라고 생각하겠지. 그건 불가능한 일이라는 사실을 잘 알고 있는 레나와 달리…….

'아아아, 너무 편리한 수납마법이 문제야아아아아!'

그렇다, 마성의 마법, 수납마법.

……물론 일반적인 수납마법은 마일의 '아이템 박스(가짜 수납마법)'와 달리 시간에 지나도 내용물이 상하지 않는다거나 텐트와 욕실, 드래곤 등을 아무렇지도 않게 넣을 수 있는 무한한 용량이 아니지만…….

*　*

그로부터 이틀 후.

"저희가 의뢰주인 상인입니다."

세 명의 '자칭 상인'을 처음 대면한 '붉은 맹세'.

서른 전후, 마흔 전후, 그리고 40대 후반으로 짐작되는, 빼빼 마르고 그다지 건강해 보이지는 않는 남자들.

일반적인 상인이라면 자신을 소개할 때 '의뢰주인 상인'이라고 말하지 않는다. 그냥 '저희가 의뢰주입니다'라고 하겠지.

복장이나 의뢰 내용을 봐도 일부러 '상인이다'라고 설명할 필요는 없다. 그런데 굳이 그렇게 말했다는 건.

……사실은 상인이 아니라는 뜻이다.

물론 길드 마스터의 사전 설명으로 사정을 들었기 때문에 새삼스럽긴 하지만.

그렇게 해서 '붉은 맹세'와 의뢰주 일동은 짐마차 세 대를 호위한다는 의뢰 내용, 아르반 제국의 주요 가도를 통해 목적지인 제도를 향하면서 제국 내를 한 바퀴 돌고 귀환할 예정이라는 것과 대략적인 루트 확인까지 마쳤다.

예정은 어디까지나 예정이고, 그때의 상황에 따라 루트와 들릴 도시는 적절하게 변경할 계획인 듯했다.

모은 정보에 따라 다음 행동이 달라질 수 있는 건 당연하고, 일반적인 상인이라도 그건 마찬가지일 테다. 폭우를 만나 다리가 유실되었거나 산사태가 일어나 산길이 끊겼다거나 싣고 가는 상품의 값어치가 오른 지역 · 내린 지역 등 도중에 입수한 정보에 따라 유연하게 대처해야 유능한 상인인 법이다.

물론 사전에 계약을 마쳤다거나 약속이 되어 있을 때는 꼭 그렇게 할 수도 없지만…….

"너무 긴장할 필요는 없습니다."

상인이라는 위장 가면을 일단 벗고 진짜 이야기를 하는 의뢰주들.

"조사원이 저희만 있는 것도 아니니까요. 이미 예전부터 많은 조사원이 교대로 제국에 드나들고 있습니다. 지게에 상품을 짊어진 행상, 짐차를 끌고 가는 사람, 짐마차 한 대로 단독 행동을 하는 상인, 그리고 상인 이외에도 여행 중인 헌터, 포교 활동 중인 신관 등 다양한 신분으로 위장한 사람들이……. 그들은 저희와 달리 본직이지요. 뭐, 그중에 몇 명이 유익한 정보를 얻어내고, 몇 명이 무사히 돌아오는지는 잘 모르겠지만……."

물론 '본직'이라 함은 상인, 헌터, 신관 등을 의미하는 게 아니었다.

"뭐가 『너무 긴장할 필요는 없습니다』야?! 다른 누군가가 정보를 가지고 돌아올 거니까 우리 팀은 전멸해도 상관없다는 건가? 댁들이 죽는 거야 댁들 알아서 할 일이지만, 우리가 거기 휘말리는 건 사양이라고!"

호위 임무를 위해 목숨을 거는 건 일이니까 받아들일 수 있다. 하지만 자기 목숨을 가볍게 여기고 무모하게 구는 의뢰주에게 덩달아 휘말리는 것은 사절이다. 레나가 그렇게 말하며 격노하자, 의뢰주가 당황하며 설명에 나섰다.

"아, 아니, 그런 의미가 아닙니다! 강제적이고 비합법적인 조사는 그들이 하니까 저희는 위험한 일은 가능한 피하고 평범하게 물건을 팔면서 『어쩌다 우연히 보고 들은 정보』를 가지고 돌아가면 된다는 뜻일 뿐입니다. 물론 그 『어쩌다 우연히 보고 들은 정보』의 내용에 따라서는 진행 경로를 변경할 수 있지만 무모한 행동은 웬만해서는 하지 않을 겁니다. 그런 건 그쪽으로 전문가가 있으니까 그들에게 맡기면 그만이지요. 저희는 단순히 문관으로, 거친 일이라든지 첩보 활동에 관한 공부와 훈련은 전혀 받지 않았으니까요……. 미아마 사토데일 작가가 쓰는 이야기처럼 화려한 비합법적 활동으로 정보를 모으는 것도 아니고, 그저 수수하게 시장에 떠도는 소문을 모아 분석해서 유익한 정보만을 솎아내는 거예요. 저희는 그런 일을 맡았습니다. 그러니 이상한 짓, 위험한 짓은 절대 하지 않으니까 여러분은 지극히 평범한 상단 호위라고만 생각해 주시면……."

현대 지구의 군대라면 아무리 사무를 담당했다고 하더라도 군인이니까 최소한의 훈련은 할 터다. 그런데 이 세계 혹은 이 나라는 그렇지 않은 건가…….

'혹시 기관(技官)이나 사무관 같은, 군인이 아닌 사람들인가…….'

현대 일본의 자위대에서도 기관과 사무관은 '자위관'이 아니라서 군사 훈련과 체력 단련 등을 하지 않는다는 이야기를 들었던 미일은 자기 마음대로 받아들였다.

그리고 레나 역시 자신의 착각이었음을 알아차리고 공격을 멈추었다. 그래도 조금 전에 의뢰주가 한 설명은 레나가 그런 태도로 받아들여도 어쩔 수 없다고나 할까, 오해한 것에 대해 사과할 생각은 조금도 없어 보였다.

그래도 의뢰주들은 별로 기분이 상한 기색이 없었다. 성격이 온화한 걸까, 아니면 그 정도에 기분이 상할 정도로 생각이 짧은 자들이 아닌 걸까…….

어쨌든 그 이후로는 논의가 순조롭게 진행되었다.

"……네? 아아, 별로 상관은 없지만……."

회의 도중에 폴린이 한 '이왕 가는 김에 저희도 장사해도 될까요?' 하는 요구에 다소 당황하면서도 승낙한 의뢰주.

다리를 놔준 길드 마스터로부터 호위 헌터 중에 수납 보유자가 있다는 이야기를 들었었다. 그래서 그걸 이용해 장사에 편승하여 푼돈을 좀 벌려나 보다, 하고 여긴 그들은 깊게 생각하지 않고 승낙했다.

어린 소녀들의 호위 임무 틈틈이 하는 약간의 부업. 그 정도는 봐준다고 해서 큰일이 나진 않는다.

어차피 주된 호위 임무는 이동이었고, 도시에서 장사하는 동안에 일각을 다투는 위험이 일어날 거란 생각은 들지 않았다. 그곳의 불량배와 시비가 붙었을 경우, 바로 옆에서 함께 물건을 팔고 있으면 충분하니 전혀 문제 될 것이 없었다.

게다가 이 상단의 목적은 정보 수집이지 딱히 장사로 이윤을 남기는 것이 아니었다. 그렇기에 파는 물건의 값을 무척 싸게 매기고 매입하는 물건의 가격은 반대로 높이 쳐서, 최대한 많은 사람을 끌어모아 정보를 얻을 계획이었다. 어린 여자애들이 함께 물건을 팔아준다면 손님 모집률은 더 높아진다. 오히려 좋은 일이다…….

하지만 의뢰주는 그렇게 말했다가…….

"웃기는 소리 하지 마세요!"

"행상을 무시하네!"

폴린과 레나에게 혼쭐이 나고 말았다.

"주위 시세와 동떨어지게 값을 매겨버리면 시장에 혼란이 일어나서 다른 상인들에게 피해가 돌아간다고요!"

"간첩이 그렇게 튀는 행동을 해서 뭘 어쩌겠다는 거야! 바보야?!"

"노골적으로 너무 싸게 팔고 너무 비싸게 사들이는 짓을 했다간 의심을 사서 바로 찍혀버린다고요! 그리고 그 수상한 상인에게 세상 돌아가는 이야기를 할 손님이 누가 있겠어요?!"

인정사정없이 두들겨 맞았다.

그만큼 상인의 딸 폴린 그리고 아버지와 함께 마차 한 대로 행상을 다녔던 레나는 용납할 수 없었다…….

"이래서야 어느 쪽이 진짜 상인인지……, 아니 그러고 보니까 의뢰주님들도 진짜 상인은 아니죠……."

마일의 말대로였다.

당시에 어리긴 했어도 아버지를 도와 장사 흉내를 냈던 레나 쪽이 더 상인다웠다. 가게의 일손을 도왔던 폴린 역시 마찬가지로…….

"……그리고 여러분, 체형이 좀 왜소하네요. 옷 속에 복대를 두른다거나 갈아입을 여분의 속옷을 뭉쳐 넣어서 좀 더 통통한 느낌으로 해주세요."

폴린의 말대로 상인 역할을 맡은 세 남자는 다들 삐쩍 마른 체형이었다.

사무나 연구만 하던 사람들일 테니 어쩔 수 없겠지만 상인, 그것도 짐을 짊어진 행상이나 짐차를 끄는 게 아니라 마차를 소유한 상인 이상이라면 배가 조금 나오고 풍채 좋은 모습이 훨씬 신용도가 높다. 오동통함은 곧 좋은 재정 상태를 의미했으며, 가난하다거나 변장한 도적이 아닐까 하는 의심을 피할 수 있다.

또 거래하는 식자재의 맛을 확인하려면 입이 고급일 필요가 있어서, 수완 좋은 상인은 대체로 살찐 체형이라는 것이 이 세계의 상식이었다.

포동포동은 곧 부자, 성공한 사람의 증거로 여자들에게 인기 있었다. 그래서 적어도 다이어트에 돈을 투자하는 상인은 없었다.

"저희가 살짝 지도 좀 해드릴게요. 출발하기 전까지 상인다운 모습으로 만들어 드리겠어요!"

왠지 폴린과 레나가 이상한 의욕을 내보였다.

그 모습을 마일이 마치 남 일처럼 지켜보고 있는데…….

"마일, 그러고 나면 물건 사러 갈 거니까!"

아무래도 장사 쪽도 의욕이 가득해 보였다. 아마 드워프 마을에서 마일이 술로 돈을 벌어들였던 것을 본 터라 비슷하게 흉내 낼 작정이겠지.

의뢰주들은 '붉은 맹세' 멤버의 수납 용량이 그리 대단하진 않을 줄 알았기에 그 부분에는 별로 신경 쓰지 않는 눈치였다. 아마 이 세상의 일반적인 상식대로, 수 킬로그램에서 수십 킬로그램,

많아야 200~300kg 정도의 용량이 아닐까 생각하고 있으리라.

그렇게 해서 회의를 마친 후 폴린과 레나의 '상인의 자세' 교육이 시작되었다…….

* *

"출발은 모레니까 오늘이랑 내일은 팔 물건을 사러 다녀요!"

의뢰주와의 회의(및 폴린과 레나의 '상인의 자세, 특별 강습')가 끝난 후, 폴린과 레나의 성화에 못 이겨 마일은 도매상가로 끌려갔다. ……일반 소매상점이 즐비한 상가 거리가 아니라 도매상이 모여 있는 대량 판매용 도매상가였다.

폴린은 그렇다고 쳐도, 레나까지 묘하게 의욕적이었다. 어쩌면 아버지와 행상하러 다녔던 어린 시절이 떠오른 건지도…….

한편 자기 혼자 남는 게 싫었는지 메비스도 세 사람을 따라왔다.

"마일은 제국에 대해 알아?"

"아, 네, 이래 봬도 일단은 8살까지 가정교사가 있었고, 중퇴하긴 했지만, 왕도의 학원에서 이론은 일등이었으니까요. 이웃 나라의 일 정도야……."

폴린의 질문에 에헴, 하고 의기양양한 표정을 지으며 마일이 대답했다.

마일……아델은 실기 쪽은 대충해서 일등이 아니었다. ……대충했다는 사실을 학원 모두가 알고 있었지만.

"그럼 제국이 왜 『대국』이라고 불리는지도 당연히 알겠네?"

"……제국이 『큰』 것은 세 가지. 국토, 군사력, ……그리고 국민의 부담."

"맞아, 참 잘했어!"

그렇게 말하며 마일의 머리를 통통, 가볍게 두드린 폴린. 마일이 에헤헤 하고 웃었다.

……그렇다, 아르반 제국은 넓은 국토를 보유하고 있지만, 결코 풍족한 나라는 아니었다.

국토 대부분이 황무지와 경사가 가파른 산악지대였고, 국내를 흐르는 큰 강은 별로 없고 금방이라도 물이 다 말라버릴 듯 수량이 적은 강이 많았다.

요컨대 식량이 부족했고 만성적인 재정난에 시달리고 있었다.

삼림 자원과 광물 자원은 충분했으나 그건 주변국도 마찬가지였다. 산업 혁명이 일어난 것도 아니어서 철과 구리가 그리 많이 필요하지도 않았다. 수요라 해봐야 각 국가가 자급할 수 있는 수준이었다.

또 고저 차이가 크고 험한 길을 걸어 무거운 목재와 철을 먼 곳까지 운반해서 이익이 나올 리도 없었다. 어떤 나라든 국내에 삼림과 광산이 충분히 있으니까.

게다가 가는 것은 둘째 치더라도, 물건을 판 대금과 구매한 식량을 싣고 돌아오는 짐마차를 호시탐탐 노리는 도적 또는 마물.

……이래서는 다른 나라와의 무역이 제대로 될 리가 없었다.

농지가 없고 식량이 없고 돈이 없고, ……그런데 무기를 만드는 데 쓰이는 철광석과 제철에 필요한 목재는 풍부.

……그렇다면 답은 한 가지뿐이었다.
군국주의 일직선.
군비에 힘을 쏟아붓고, 이 때문에 더욱 궁핍해지는 식량과 재정.
군비에 투자한 돈을 회수하려면 그 길밖에 없었다.
전쟁, 약탈, 새로운 영토, 비옥한 대지. 노예나 다름없이 다룰 수 있는 노동력, 점령지의 2등 국민.
이렇게 해서 아르반 제국의 미래는 정해진 것이다.
주변 모든 나라를 병합해 진짜 대국으로 만들거나.
아니면 주변 모든 나라의 뭇매를 맞고 멸망의 길을 걷거나.
물론 제국 사람들은 멸망할 생각 따위 조금도 없겠지만…….

"아, 저기! 저기 도매상에서 값싼 밀을 대량으로 사들여요! 제국 사람들한테는 고급품보다는 싸서 많이 살 수 있는 게 좋아요. 일반 상인이라면 짐마차 용량 문제가 있으니까 비싼 물건이 아니면 이익을 별로 낼 수 없겠지만, 우리한테는 마일이 있으니까……."
"마일이니까……."
"마일이 있으니까 말이지, 하하……."
"아하하……."
세 사람을 따라 힘없이 웃는 마일.
'남을 돕는 거예요! 제국의 평민들이 기뻐하고, 또…….'

"크흐. 크흐흐흐……."

'폴린 씨가 기뻐해 준다면…….'

"마일, 저기, 하층민을 대상으로 하는 값싼 술을 사 가자! 하층민이 마시는 싸구려 술이라면 제국 사람들도 살 수 있을 테니까!"

"레, 레나 씨, 그렇게 큰 소리로 『하층민』이라든지 『싸구려 술』이라고 연달아 말하지 마세욧!"

근처 주민과 점주가 들으면 지금 시비 거는 거냐며 멱살을 잡아도 어쩔 수 없는 말을 큰 목소리로 연발하는 레나를, 마일이 당황하며 말렸다.

레나는 자기들끼리 물건을 매입하고 장사하러 간다고 하니, 마차 한 대로 아버지와 둘이 행상 여행을 하던 시절이 떠오르기라도 한 건지 묘하게 들뜬 상태였다.

그래도 옛 기억을 떠올리고 우울해하는 것보다는 낫나, 하고 마일이 생각하고 있는데…….

"기호품도 조금 사둘까. 밀이나 소금 같은 건 그리 허무맹랑한 가격을 매기기 어렵지만, 사치품은 얼마를 매기든 우리 자유니까. 구하기 힘든 물건이어서 사고 싶어 하는 손님이 많으면 값은 얼마든지 올릴 수 있어!"

"아니, 그러니까 그렇게 생각하더라도 너무 큰 소리로 말하지 말라고요……."

마일은 레나의 폭주를 도저히 막을 수 없을 것 같았다. 그래서 매달리듯 폴린 쪽을 쳐다보았는데…….

"후후후……. 후후후후후……."

……안 될 것 같았다.

지금까지 개별적인 교섭이나 직접 만든 피규어 판매 등을 한 적은 있어도 이렇게, '스스로 물건을 매입해 값을 매겨 파는', 진짜 상인다운 장사를 하는 것은 처음이어서 그런지 폴린도 완전히 흥분한 상태였다.

게다가 폴린은 상당한 규모의 장사를 계획한 듯, 이후에도 그리고 다음 날에도 레나와 함께 마일을 끌고 도매상가를 돌아다녔다…….

*　*

"그럼 출바알~!"

""""하앗!""""

이런 것을 좋아하는 마일의 호령에 움직이기 시작한 세 대의 짐마차.

말이 짐마차지 마차 덮개가 덮여 있어서, 멀리서 보기에는 싸구려 여객 마차랑 별로 분간이 가지 않았다. 뭐, 세 대가 줄지어 움직이고 기마 호위도 없었으니 최소 단위의 상단 짐마차라는 사실은 누가 봐도 뻔했지만…….

인원 편성은 세 대의 짐마차에 세 명의 '가짜 상인'. 그리고 세 명의 마부와 호위로 고용된 헌터 '붉은 맹세'로 되어 있었다.

짐마차는 각각 말 두 마리가 끌었다.

비탈길이 많은 제국령에서는 끄는 힘에 여유가 있도록 두 마리 이상이 바람직했다. 돈에 여유가 있고 안전하게 다녀오고 싶다면 더욱.

그리고 물론 이 상단은 예산을 조금 절약한다고 시간과 안전을 희생할 생각은 조금도 없었다.

보통은 상인들이 각 마차에 한 사람씩 타기 마련이지만, 진짜 상인도 아닌 그들이 그럴 이유는 없어서 단순히 이동 중의 지루함을 달래고 여러 가지로 상의를 할 수 있다며 세 명이 전부 한 마차, 그러니까 가운데 마차에 탔다.

원래라면 호위인 '붉은 맹세'도 같은 마차에 타거나 아니면 각 마차에 분산해서 타야 했겠지만, 한 명씩 다른 짐마차에 타자니 지루할 것 같았고, 상인들과 같은 마차에 타자니 화젯거리에 제약이 있는 데다가 남자들과 같이 있으면 편하게 앉아 갈 수 없을 것 같았다.

그런 생각에 '붉은 맹세'가 전부 선두마차에 타겠다고 말하자, 상인들도 안심했다는 얼굴로 고개를 끄덕였다. 그들 역시 어린 여자들과 계속 함께 있는 게 불편할 것 같았으리라.

그들이 남성 헌터였다면 '에헤헤, 뭐 어때, 같이 타고 가도 오……' 하고 말했을지도 모르지만, 과연 공무원은 공무원이었다.

"……그럼 이번 호위는 이런 방침으로 가면 되겠지?"

"네, 좋아요."

"응, 찬성."

"이의 없음!"

선두 짐마차 안에서, 이번에는 이동 중에 최대한 모습을 드러내지 말자는 방침을 다시금 확인한 레나의 말에 나머지 멤버들도 동의했다.

어차피 작전 방침은 이미 여인숙에서 상의를 끝내놓은 상태였기 때문에, 이건 어디까지나 '호위 임무를 시작하면서 하는 의식적인 재확인'에 불과했는데, 말하자면 기합을 넣는 것과 같았다. 여기서 반론이 나오는 건 아무도 상상하지 않았다.

이번 교역은 짐마차 세 대라는 최소 규모 상단의, 나라를 넘는 원거리 교역이었다. 그렇다는 건 상식적으로 생각했을 때 운반하는 물건은 소량이라도 충분히 이익을 낼 만한 물건, 요컨대 소량이라도 비싼 고급 물품이 될 것이다.

그렇다면 당연히 그에 상응하여 호위를 붙이는 게 상식.

그래서 이번에는 호위가 모습을 드러내지 않고 짐마차 안에 있는 편이 낫겠다고 판단한 것이다.

만약 '붉은 맹세'가 모습을 드러낸다면 호위에 들일 돈을 아낀 어리석은 신참 상인이 싼값에 이제 막 C등급이 된 소녀들을 고용했다고 생각하고 도적들이 마구 비웃으며 공격해올 거다.

이번 의뢰 임무는 딱히 도적 퇴치 같은 게 아니다. 게다가 도적들을 붙잡으면 다음 도시에 도착해서 경관에게 인도할 때까지 이동 속도가 극단적으로 떨어지고 말 것이다. 짐마차에는 도적들을 몇 명씩 태울 만한 공간이 없었고, 저항하는 도적들을 억지로 걷게 만드는 것도 힘들다.

그래서 본래 의뢰에 집중하고 굳이 도적이 꼬일 만한 행동을 하거나 보상금을 노리고 적극적으로 도적을 잡을 생각은 없었다.

'붉은 맹세'가 짐마차에 타고 모습을 보이지 않는다면, 평범한 도적들은 물건을 줄여서라도 마차에 태울 만큼 어마어마하게 우대받는 헌터가 있다고 생각할 테니, 경솔하게 덤비지 않을 것이다.

……물론 그 '어마어마하게 우대받는 헌터'라는 추측도 빗나간 건 아니었지만.

"그럼, 떨어지는 불똥은 스스로 털어내고, 아군 간첩을 위기에서 구해내고, 어린 소녀와 짐승 귀와 금화를 위해 싸우고, 멋지게 활약할 장면은 놓치지 않기로……."

"물론! 그것이 우리……."

""""『붉은 맹세』!!""""

……아무래도 엄청난 녀석들이 제국에 잠입하려는 듯했다…….

*　*

상단은 티루스 왕국 왕도에서 남서쪽을 향해 나아갔다.

이웃 나라이자 마일의 모국이기도 한 브란델 왕국과 가까워지고 있지만, 국경을 넘는 것은 아니고 남쪽의 아르반 제국에 바로 들어갈 예정이었다.

국경을 넘을 때까지는 특별히 아무 일도 일어나지 않을 것이다. ……머리 나쁜 도적들이 '덮개 달린 짐마차 안에 호위를 태운 상단'이라는 것의 의미를 몰라서 덤비는 어리석은 짓을 하지 않는 이상은.

제국 방면으로 향하는 상인은 그리 많지 않았다.

경사가 가파른 비탈길이 많아 짐마차를 끄는 말의 수를 늘려야 하고, 그것은 짐 적재량의 저하로 이어진다. 어깨에 짐을 짊어진 행상인과 짐차를 끌고 다니는 상인은 몸이 남아나지 않는다.

또 도시 경기가 나빠 사람들의 구매력이 낮았다. 그것도 모자라 정세도 왠지 심상치 않았다.

서쪽의 브란델 왕국이나 동쪽의 마레인 왕국으로 가면 되는 마당에, 굳이 아르반 제국으로 향하는 변태, 아니 어리석은 상인이 별로 없는 것은 당연한 일이었다.

다른 상인이 없는 이런 상황이야말로 돈을 쓸어 모을 기회라고 생각하는 어리석은 상인에게는 '승기(勝機, 승리할 기회)'도, '상기(商機, 상업의 기회)'도 찾아오지 않고 오히려 '원기(元氣)'를 잃고 '장기(瘴氣)'에 잠식당하고 말 것이다. 말하자면 작은 그릇, '종기(종지의 방언)'라는 이야기다.

그런 의미에서 이 상단은 존재 자체가 이미 튈지도 모르지만 어쩔 수 없는 일이었다. 임무를 수행하다 보면 어쩔 수 없는 일도 있는 법이다.

"자, 지금부터는 이 집단을 평범하게 『상단』이라고 부르는 거야. 의뢰주는 그대로 『의뢰주』 또는 『상인』, 아니면 각자의 이름이나 가게 이름으로. 『간첩』, 『왕궁 사람들』, 『조사단』 같은 단어는 실수라도 입에 담지 않을 것. 언제 어디에 누구의 눈과 귀가 있을지 모르고, 남 앞에서 자기도 모르게 말해버릴 위험도 있으니까 우리끼리만 있을 때도 절대 금지야. 알겠지?!"

레나가 신신당부하자 고개를 끄덕이는 마일 일행. 이런 일을 할 때 있어서 기본 중의 기본이었다. 다들 그런 방면으로는 빠삭했다. ……미아마 사토데일의 간첩 소설 덕분에.

물론 '상인'들도 그건 마찬가지여서 마음이 놓였다.

그 밖에도 온갖 다양한 지식을 미아마 사토데일의 소설을 통해 배운 일행에게 사각지대란 없었다.

……다만 한 가지 불안한 점이 있다면 그것은 '미아마 사토데일의 간첩 소설이 아르반 제국에도 퍼졌다'는 사실이었는데, 일행 중에 그 점을 알아차린 사람은 아무도 없었다…….

한편 야영 때 쓸 텐트, 저녁 식사, 기타 등등 때문에 상인과 마부들은 턱이 빠질 정도로 경악했는데, 그 부분은 '늘 있는 일'이라서 생략하겠다.

*　*

"……그런데 왜 아직 국경을 넘지도 않았는데 도적이 나타난 거야? 상단도 별로 다니지 않는 이런 가도에서……."

앞뒤로 도적들 그리고 그들이 장애물로 만든 통나무에 가로막혀 멈춘 짐마차.

아직 '붉은 맹세'는 짐마차에 타고 있어서 도적들 앞에 모습을 드러내지 않았다.

"……상단이 잘 다니지 않는 곳이어서 오히려 더 그런 거 아닐까요? 평소에 사냥감이 잘 없으니까 표적을 선별할 여유가 없는 게 아닐까 싶은데……."

""""아…….""""

마일의 추측에 무심코 이해했다는 듯 소리를 내는 레나 일행.

평소에 사냥감이 적으면 무조건 습격할 수밖에 없겠지. 굶주린 짐승은 물불 가릴 처지가 아니니까.

"그럼 사냥감이 좀 더 많이 있는 곳으로 옮기면 되잖아?"

"도적들한테도 자기 구역이라는 게 있을 테고, 가족과 친척이 사는 곳을 떠날 수 없다거나 나름의 사정이 있는 게 아닐까요? 도적들이라고 해서 가족과 친척도 없는 천애고아들만 있다고 할 순 없으니까. 아니면 사실 본업은 농민이고 도적은 부업으로 하는 거라거나, 사냥꾼의 아내가 파트타임으로 뛰고 있다거나……."

"그럴지도……."

"왜 넌 항상 그런 이상한 쪽으로 머리가 잘 돌아가는 거냐고!"

마일의 적당한 설명에 무심코 납득한 메비스와 그걸 부정하진 않으면서도 도적은 섬멸하고 싶어 분한 표정을 짓는 레나.

"하지만, 그렇다곤 해도……."

하지만 폴린의 말에…….

"네, 상관없는 일이에요. 지금 저들은 상단을 습격한 도적이에요. 아무리 저희 모두를 죽일 생각이 없다고 해도, 상단이 항복할 때까지는 진짜로 공격해올 테고, 그렇게 되면 상단 측에서 사망자가 나와도 눈 하나 깜박하지 않겠죠. 물론 항복한 후에도 짐뿐 아니라 돈이 될 것 같은 여자들은 끌고 갈 생각일 테고요. ……그러니까 '흉악 범죄자'인 건 다르지 않아요."

분명하게 선을 긋는 마일.

마일은 규칙을 지키며 열심히 살아가는 사람들에게는 무척 관대했다.

하지만 아무렇지 않게 규칙을 어기는 사람들에게는 다소 엄격했다.

물론 마일은 스스로 규칙을 깬 적이 없다. 규칙은 잘 지킨다. ……이 세계에서, 도적에게 습격당한 상단의 호위가 도적을 상대로 해도 되는 일, 이라는 규칙을. 그리고 '자기가 정한 규칙'을 말이다.

마일이 스스로 정한 규칙. 이른바 '마이룰'이었다.

레나가 큰 목소리로 지시를 내렸다.

"목표, 도적 격파! 『붉은 맹세』, 출격!"

""""하앗!""""

""""""""푸하하하하하하!""""""""

선두마차에서 내린 '붉은 맹세'를 보고 폭소하기 시작한 도적들.

"얼마나 강한 호위가 따라왔나 했더니, 신출내기인 어린 계집애 넷이냐……."

"뭐, 우리가 습격하기로 한 시점에서 어떤 호위든 상관없었지만 말이지. 실력 좀 있다 하더라도 머릿수 앞에는 장사 없잖아? 아무리 실력이 뛰어난 기사님도 죽창을 쥔 농민 백 명이 달려들면 못 이긴다고. 전쟁이란 그런 거야. 그런데 신출내기 어린 계집애 넷이라니……. 그래도 우리 쪽에 부상자를 내지 않고 끝낼 수 있다면 좋은 일이지, 뭐. 빨리 항복하고 마차랑 싣고 온 물건, 무기 방어구까지 다 넘겨랏!"

도적의 수는 17~18명 정도. 그리고 수염이 덥수룩하다거나 지저분한 사람은 별로 없었다. 연령대도 15~16살 정도부터 쉰까지 다양해 보였다.

((((농민이 부업으로 하는 냄새가 강한데…….))))

그리고 어린 여자가 네 명이나 있는데도 금품을 전부 내놓으면 놔줄 모양이었다. 도적치고는 양심적……이랄까, 프로 도적이 아니기에 여성을 노예로 팔아넘길 연줄이 없는 거겠지.

'프로 도적'이 도대체 뭔데, 싶긴 하지만…….

"자, 네놈들, 어서……."

"염폭!"

"파이어 볼!"

"신속검!"

"아쿠아 샤워!"

퍼~엉!

슈웅~!

휘휘휘휘휘!

쇄아아아~……

마일은 물마법을 택해서, 레나와 폴린이 불마법을 쏜 이후 불끄기 활동에 들어갔다…….

*　*

"국경 바로 앞에 도시가 있으니까 거기서 넘기자."

"네, 이 나라에서 붙잡은 도적을 제국에 넘기면 여러 가지로 일이 성가셔질 테니까요. 다른 나라의 범죄자가 되면 보상금이라든가 범죄 노예를 팔아넘긴 대금의 분배라든가, 어떻게 처리될지 알 수 없기도 하고……. 국경 바로 앞에 도시가 있어서 다행이에요."

폴린의 말대로였는데, 보통 주요 가도를 지나면 국경 근처에 살짝 규모가 큰 도시가 있는 것은 당연한 일이었다. 물론 국경을 넘자마자 상대 나라의 도시가 있다. 속히 말하는 '국경 도시'다.

어떤 곳에 규모가 큰 도시가 형성되는 데에는 나름의 이유가 있는 법이다.

"한 번만 살려줘, 부탁이야! 나에게는 먹여 살려야 할 가족이……."

도적의 말투가 조금 전까지와 확 다르게 애잔한 농민의 목소리로 바뀌었다. 박쥐 같은 녀석들이다.

물론 '붉은 맹세'는 그것을 완전히 무시했다.

지금까지 몇 명을 죽였는지 알 수 없는 도적들이 자기 좋을 대로 말해봐야 상대해줄 수 없다. 이들에게 습격당해 재산을 잃거나 죽은 사람들에게도 먹여 살려야 할 가족이 있었을 테니까.

그리고 이들을 그냥 놓아준다면 또 많은 사람이 공격받고 재산을 빼앗기고 죽겠지.

애당초 '도적 행위를 하다가 붙잡혔어도 애걸복걸하면 용서받고 끝'이라는 식의 전례를 만들 수는 없었다. 단순 절도라도 '잠시 머리가 어떻게 됐었나 봐요. 초범이에요, 이번 한 번만 봐주세요!' 하고 나와도, 매번 그런 식으로 풀려났을 뿐이지 사실은 상습범인 경우가 수두룩하다. 그러니 절대 그냥 풀어주면 안 된다. 어쩌다 붙잡았을 때 확실하게 종지부를 찍어버려야…….

그래서 이 상단의 누구도 도적들의 우는 소리에 귀를 기울이지 않았다. 물론 마일까지 포함해서.

사실은 농민? 평소에는 성실하게 일하고 있다고?

그런 건 아무 상관도 없다.

'술만 안 마시면 좋은 사람이에요!'

그럼 술을 마셨으니까 나쁜 사람일까?

'잠시 정신이 어떻게 되어서. 우발적으로 그런 거예요!'

그럼 다음에도 같은 상황이 벌어지면 또 '정신이 잠깐 어떻게 되어서'일까? 상습범이란 그런 것이다. 그런 녀석들을 그냥 놔줘서는 안 된다.

"이야, 길드 마스터에게서 듣긴 했습니다만……."

상인들은 '붉은 맹세'의 뛰어난 솜씨와 인간을 상대로도 주저하지 않고 공격하는 태도에 감탄했다. 아무래도 '붉은 맹세'의 실력을 실제로 확인하고 마음이 놓인 모양이었다.

그도 그렇겠지. 아무리 '그 녀석들은 강해'라는 설명을 들었다고 해도 12~13살에서 17~18살 정도의 소녀 네 명인 만큼 혹시 마물이나 도적의 습격을 받으면 어쩌지 하는 걱정이 들기 마련이다. 그게 아무리 농민 겸 도적이라지만, 무려 20명 가까이 되는 도적을 개수일촉(鎧袖一触). 그러니 이번 임무를 마치고 무사히 살아 돌아갈 수 있겠다며 안도하는 것도 당연하리라.

"하지만 다음 도시까지 이동 속도가 떨어지겠네……."

그렇다, 레나의 말대로 그걸 피하려고 이번에는 적극적으로 도적을 잡지 않기로 했다. 이 정도 되는 인원을 짐마차에 태우는 것도 불가능하고, 밧줄로 이어 걷게 하면 속도가 확 떨어진다.

하지만 자기들이 먼저 공격해왔으니 어쩔 수 없다. 다음 도시까지 데려가기 귀찮다는 이유로 모두 죽일 수도 없는 노릇이고, 물론 그냥 풀어줄 수도 없었다.

"어쩔 수 없죠……. 그럼 『폴린 묶기』를 써서, 도적을 인도할 도시까지 얼른 이동해버려요!"

"그래……."

마일의 말에 고개를 끄덕이는 레나와 메비스, 상인들.

그리고 폴린은…….

"죄인 묶는 법에 멋대로 내 이름 갖다 쓰지 말아줘요!"

왠지 화내고 있었다.

'폴린 묶기'는 두 팔을 뒤로하게 한 다음 양쪽 엄지를 마일이 발명한 낚싯줄로 묶는 방식이다. 억지로 풀려고 하면 엄지가 댕강 잘려나가 두 번 다시는 무기고 농기구고 쥘 수 없게 된다. '댕강도 있어요'다.

그런 다음 팔이나 몸통이 아니라 목에 건 밧줄을 마차 뒤에 묶는다. 마차 속도에 맞춰 걷지 않으면 목이 꽉…….

둘 다 폴린이 모두에게 가르쳐 준 포박법이었다.

"엥, 하지만 발명자의 이름을 붙이는 게 일반적인데……. 이 위대한 발명을, 꼭 폴린 씨의 이름과 함께 후세에 남겨야……."

"내가 발명한 게 아니잖아! 마일이 몰랐던 것뿐이지, 아주 옛날부터 써오던 범인 호송법이라구!"

마일의 반론에 살짝 욱해서 소리치는 폴린.

"엥, 그랬나?"

"나도 폴린이 발명한 건 줄 알았는데……."

"그렇죠?! 그런 생각이 들죠? 이렇게 음험한 포박법을 떠올릴 수 있는 사람은 그리 많지가……."

"시끄러웟!"

메비스와 레나의 말, 그리고 자기 뜻이 통했다는 듯 동조하는 마일을 보고 마침내 터진 폴린.

상인과 마부들은 아무것도 못 들은 척하면서 서둘러 출발 준비에 들어갔다…….

*　*

"전이!"

마일이 영문 모를 단어를 외치며 국경을 알리는 비석 앞을 뛰어넘었다.

계속 짐마차에 타고 있으면 몸이 굳어서 여차하는 순간 몸놀림이 둔해진다며, '붉은 맹세'는 이따금 짐마차에서 내려 걷곤 했다. ……상인들은 그런 행동을 하지 않았다.

마차라도 짐을 가득 실은 '짐마차'였기에 속도가 그리 빠르지 않아, C등급 헌터가 걸어서 따라잡기가 별로 어렵지 않았다. 특히 고저 차이가 심한 가도에서는…….

또 길이 험하거나 비가 온 뒤라 질퍽하면 차라리 걷는 게 훨씬 빠를 수 있다.

그리고 울퉁불퉁한 충격이나 진흙으로 바퀴와 차축이 망가지기라도 한다면 그때는 걸음 속도를 절대 이길 수 없다.

아무튼, 그런 이유로 동료들과 함께 짐마차를 따라 걷던 마일은 '이 나라에서 저 나라로 이동하는 순간'에 그 말을 써먹어 보고 싶었을 뿐인 듯했다.

물론 레나 일행은 완전히 무시했다.

"도적들을 인도하고 포상금이랑 범죄 노예를 판 이익을 나눠 받았으니 이제 드디어 임무 시작이에요!"

의욕이 가득한 마일을 보며 메비스 일행이 쓴웃음을 지었다.

도적들은 국경 바로 앞 도시에서 다소 복잡해 보이는 표정의 경관들에게 넘겨주었다.

표정이 복잡해 보인 이유는 아마도 도적들이 '전업'이 아닌 듯해서였으리라.

만약 이들이 농민일 경우, 작은 마을에서 이만큼의 일손을 한꺼번에 잃으면 보통 문제가 아닐 터였다. 자칫 잘못하면 다음 세금을 내지 못하고, 몸을 팔거나 자식을 불법 노예로 만드는 등 마을이 붕괴할 가능성도 있었다. 그건 영주로서 바라는 일이 아닐 것이다.

하지만 도적을 처벌하지 않을 수 없는 노릇이었고, 붙잡아온 헌터들에게 돈을 지급하지 않을 수도 없다. 이들이 다른 영지에서 온 진짜 도적들이라면 잡아 오는 것을 두 팔 벌려 환영하겠지만……. 헌터들에게 줄 돈이야 범죄 노예로 팔아넘긴 이익으로 충당이 되고 말이다.

하지만 도적이 자기 영지의 마을 사람이라면 한 마을의 붕괴와 그에 따르는 세수 저하를 의미한다. 그건 결코 환영할 수 없는 일이었다.

그러나 그러한 사정은 '붉은 맹세'도, 그리고 고용주들도 알 바 아니었다.

마일 일행의 행동은 완전한 정당방위였으며, 앞으로 많은 여행자와 상단이 습격을 받고 희생되는 것을 미리 방지했으니, 칭찬받고 보상금을 받아 마땅한 일이었다. 영주와 관리가 뭐라고 할 처지가 아니었다.

……그래도 조금은 마음에 걸렸는지, 홍차를 마시면서 왠지 어두운 표정으로 정산을 기다리던 마일, 메비스, 폴린에게 홍차와 과자를 내온 말단 경관이 자세히 설명해주었다.

역시 잘될 남자는 달라. 그렇게 생각하며 감탄하는 마일 일행.

……레나? 레나는 '도적은 죽어 마땅하다!'라는 주의여서, 전업이든 겸업이든 도적의 운명은 조금도 걱정하지 않았다.

여하튼 그 젊은 경관의 설명에 따르면…….

이 도시 그리고 습격 현장을 사이에 두고 반대쪽에 있는 도시에서 도적 피해 보고가 몇 차례 있었는데, 여자들을 포함해 인적 피해는 하나도 없었다고 한다.

그렇다, 물건과 현금과 마차와 말만 빼앗을 뿐 불법 노예와 인신매매에는 손을 뻗지 않은, 양심적인 도적이었다는 것이다.

……아니, '양심적인 도적'이라는 시점에서 이미 말에 모순이 있다고 할까, 망한 듯한 느낌도 들지만…….

아무튼, 그런 느낌이었고, 이미 취조 초반부터 그들이 근처 농촌 사람들이라고 자백한 모양이었다. 자백이고 뭐고, 전업 도적이라고 주장했다간 죽을 때까지 광산 노예 행이다. 그러니 그렇게 실토하는 것이야 뻔했다.

또 사람에게는 직접 손을 대지 않았다는 사실, 혼자만의 욕망으로 벌인 짓이 아니라 마을 전체를 위해 어쩔 수 없이 그랬다는 둥, 정상참작 할 만한 여지가 있을 것 같다고 했다.

무엇보다도 영주가 '마을 사람들이 그 지경까지 내몰린 것은 다 내가 부덕한 까닭……' 하고 말한 모양이었다.

폴린은 '마을이 망하면 세수가 줄어들고 다른 영지에 비웃음거리가 되거나 왕에게 찍히게 되니 좋은 사람인 척하면서 은근슬쩍 넘어가려는 것뿐이에요!' 하고 말했지만, 그렇더라도 자기가 진흙탕을 뒤집어쓰면서까지 마을과 마을 사람들을 구하려고 한다면 그건 그것대로 좋은 영주님이겠지.

보수는 도적을 토벌한 포상금과 범죄 노예 대금의 보상 배분금, 입막음용 사례금, 기타 등등까지 더해 상당한 액수였다. 그래서 돈이 준비될 때까지 꽤 긴 시간을 기다려야 했는데, 그 덕분에 도적들의 처분에 대해서도 결과를 들을 수 있었다.

실행범과 그것을 용인한 마을 지도자층 전원에게는 태형(笞刑). 이웃 마을에 명령하여 마을 감시. 그리고 마을에 새로 부과된 부역. ……단, 부역 시에는 소량이기는 하나 식량이 현물 지급된다. 다음 수확이 있을 때까지 겨우 살 수 있을 정도로 최소한의 식량이.

그것은 과연 형벌일까, 아니면 구제책일까…….

어쨌든 이렇게 해서 국경 근처에 있는 작고 가난한 마을은 큰 잘못을 범하기는 했으나 죄를 갚으며 어떻게든 살아갈 수 있게 되었다. 어디까지나 습격한 상대의 호위가 '붉은 맹세'였다는 사실과 영주가 총명한 인물이었다는 우연과 행운 덕분에…….

하지만 만약 다음에 또 같은 잘못을 저지른다면 그때는 이런 행운은 두 번 다시 찾아오지 않으리라.

여하튼 '붉은 맹세'는 생각지도 못한 용돈을 벌고 단단히 준비된 상태로 적지(딱히 지금은 전쟁이 일어난 것도 아니지만)에 들어가게 되었다. 그리고 지명 의뢰를 멋지게 해내고 보수와 공적 포인트를 쌓아 또 한 걸음 야망에 다가갈 것이다.

그렇게 생각하자 다들 표정이 밝아졌다.

"가자!"

""""하앗!""""

그리하여 이미 국경선을 넘은 마일의 뒤를 이어 모두, 짐마차와 함께 아르반 제국으로 발을 내딛기 시작한 것이었다…….

제86장 장사

“그러면 여기서 노점을 열겠습니다.”

상단이 제국령에 들어간 지도 벌써 사흘째.

국경과 너무 가까운 곳에서는 새로운 정보를 얻기 힘들어서 지금까지는 물건을 팔지 않고 제도를 향해 계속 걷기만 했었다. 그리고 지금, 이 도시에서 처음 장사를 해보기로 했다.

말은 장사라고 했지만, 제국의 상인과 대량으로 거래하는 게 아니다. 그렇게 했다간 몇 번의 거래만으로 팔 물건이 동나 버릴 것이고, 왕국에서 가져온 상품을 다 판 후 제국의 상품까지 사들이고 나면 제국 내에 계속 돌아다닐 이유가 없는 만큼 의심을 살 수 있다.

제국에서 산 것을 제국 내 다른 도시에 가서 팔아도, 다소 돈벌이는 되겠지만 다른 나라에서 온 상인이 굳이 제국에 머무르며 할 만한 행동은 아니다. 경기가 나쁜 제국에서 장사하는 것보다 자기 나라나 또 다른 나라에 가서 장사하는 편이 훨씬 돈이 될 테니까.

어디까지나 일반인들을 상대로 한 소규모 장사로 시간을 벌면서 시장 사람들로부터 얕고 넓게 정보를 모으는 것이 이 상단이 맡은 임무였다. 귀족과 대상인 등을 상대로 한 정보 수집과 공작은 그 방면의 프로가 맡고 있으며 이 상단의 역할은 아니었다.

"마부 여러분은 말을 저쪽 나무에 묶어 주세요. 저희는 마차 덮개를 벗기고 노점을 열 준비를 하겠습니다. 『붉은 맹세』 여러분은 작업의 빈틈을 노린 절도범을 경계해주시기 바랍니다. 저희의 장사 준비에는 관여하지 않으시기를. 위험하기도 하고, 여러 가지로 요령이 필요해서 오히려 방해……, 민폐……, 아니아니, 도움을 받으면 죄송하니까……."

진심을 살짝 내비쳤는데, 하긴 초보가 제멋대로 도왔다가는 오히려 민폐만 되겠지. 상인들도 사실은 '가짜 상인'이지만, 최소한으로는 미리 연습해두었을 것이다. 진짜 상인이나 이 짐마차의 주인에게 잘 배워서…….

그렇다, 이 마차는 짐받이의 가운데 부분에 실린 짐은 펼친 시트 위에 진열해서 팔지만, 마차 덮개를 벗기면 다른 상품은 짐받이 자체를 매대로 쓸 수 있게 되어 있었다. 참 잘 만든 구조였다.

사실 레나는 이러한 유형의 '변형형 점포 마차'에 대해 어느 정도 지식이 있었는데, 네 명 중에 자기만 돕는 것도 좀 그랬기 때문에 가만히 입을 다물었다.

"여러분은 저희가 장사하는 동안에는 무슨 문제가 발생했을 시 바로 달려올 수만 있다면 이 주위를 돌아다녀도 좋고, 가벼운 잠을 자거나 쉬어도 괜찮습니다."

상인들의 리더가 그렇게 말해주었지만 물론 '붉은 맹세', 특히 폴린은 할 일이 있었다. ……그렇다, 그것이었다.

"이동상점 『성녀옥』, 개점 준비합시다!"

""""하이 하이 서—!""""

여기서는 헌터로서의 대답인 '하앗!'이 아니라 일본 전래 허풍 동화에 나와 익숙한, 어느 마신(지니)의 대사로 대답한 마일 일행. (미국의 애니메이션『마술왕 샤잔』,『알라딘의 요술 램프』가 모티브) 파워풀한 전투 개시다!

그리고 부근의 상황을 주시하는 마일.

아직 이른 아침이었기 때문에 통행인은 거의 없었다. 이쪽을 보는 사람이 없는 순간을 노려서…….

"파파라파!"

세 대의 짐마차 옆, 약간 뒤편에 익숙한 대형 텐트가 등장했다. 그리고 그 앞쪽, 짐마차의 위치에 맞추어 의자와 긴 테이블도 놓였다.

마일은 얼른 텐트 안으로 들어갔다. 아마 팔 물건을 꺼내 오려는 것일 테지. 남들 눈에 띄지 않는 장소가 만들어지면, 거기서 천천히 팔 물건을 엄선해 꺼내면 된다.

상인들은 이제 별로 놀라지도 않았다. 야영 때마다 몇 번이나 본 광경이라 새삼스러웠다.

잠시 후 마일이 텐트를 여러 차례 드나들며 여러 가지 나무상자와 봉지를 긴 테이블 뒤에 쌓아 올리기 시작했다. ……그리고 미안하다고 생각하면서도 그 작업을 마일 혼자에게만 맡기는 레나 일행이었다.

아니, 하지만 무겁단 말이다…….

마일은 가볍게 옮기지만, 허리 숙여 그것들을 들어 올렸다가 다시 내려놓는 작업은 허리에 상당히 무리가 갔다.

……그래서 마일에게 일임했다. 적재적소. 그만큼 마일이 약한 분야에서 도움을 주면 된다. 그렇게 생각하며 정당화하는 레나 일행이었다…….

마일이 짐을 옮기는 동안에 레나 일행은 긴 테이블에 상품 샘플을 진열했다.

상인들이 다양한 상품, 즉 다품종 소량 판매를 하지만 '붉은 맹세'는 상품 종류를 줄인 소품종 대량 판매를 노렸다. 효율적인 매대도 없고, 그 많은 상품의 가격을 일일이 기억하기도 귀찮았기에 그런 전략을 취했다.

물론 대량 판매라지만 '각지에서 팔 양을 합했을 때'의 이야기이고, 한곳에서 팔기에 자연스러운 양, 많아 봐야 짐마차의 반 정도만 팔 계획이었다. 그 정도라면 상인들의 상품을 전부 합한 양과 짐마차 적재량의 모순을 알아차리는 사람도 없을 테고, 애당초 그런 것을 신경 쓰는 사람은 그리 많지도 않을 것이다.

게다가 거기에는 '상인들이 가져온 상품과의 중복을 피하고', '고가의 사치품이 아니라 제국 평민들의 삶에 도움이 되는 물건이 좋다'라는 의도도 포함되어 있었다.

물론 싸구려 술 등 기호품도 있지만, '붉은 맹세'는 밀과 보리, 소금 등을 주요 상품으로 가져왔다. 일반적인 상품이라면 손님과 이야기를 많이 나누지 않고 끝낼 수 있다.

어디까지나 정보 수집을 하는 것은 상인들이지, '붉은 맹세'가 받은 의뢰에 그런 임무는 들어 있지 않았다. 장사는 어디까지나 '붉은 맹세'의 자유의지일 뿐, 상인들 처지에서는 '귀여운 여자아이들의 존재가 임무에 보탬이 되어준다면 행운이지!' 하는 정도의 일이었다.

레나 일행은 상인들을 '공무원이자, 사무 혹은 연구만 하던 사람들이 과연 손님들로부터 이런저런 세상 돌아가는 이야기를 끌어낼 수 있을까' 하고 걱정했다. 하지만 그 정도는 '윗사람들'도 알고 있으리라. 사무 혹은 연구만 하는 사람이 전부 소통 장애가 있는 어두운 캐릭터라는 법은 없으니까. 나름 잘 선발된 사람들일 것이다.

"자, 준비 완료예요! 판매 시작!"

기합이 잔뜩 들어간 폴린의 외침과 함께 판매를 시작하는 '붉은 맹세'. 상인들도 구호는 하지 않았지만 이미 팔고 있었다.

그리고 들어오는 손님은…….

의외로 많았다.

주머니 사정이 나빠 구매력이 떨어진다고 했는데, 그런 것치고는 많은 손님이 상품을 둘러보고 있었다.

……하지만 보기만 할 뿐 적극적으로 물어보거나 값을 흥정하는 사람은 별로 없는 듯했다.

아마도 이 도시의 시세보다 싼 특가 상품이 있는지 알아보거나 희귀한 물건이 있으면 구경하거나 하려는, 이른바 눈요기만 할 생각이리라. 이곳 사람들에게 멀리서 찾아오는 행상 상단이란 몇 안 되는 오락거리 중 하나였다.

하지만 그런 손님도 실제로 상품을 사주는 사람을 포함한 '모집단'의 일부였고, 언젠가는 물건을 사주는 날이 올지도 모른다. 따라서 '이번에는 사지 않는 손님'도 소중히 여기는 것이 상인인 법이었다.

또 이번에는 '손님과 장사 말고 다른 이야기를 하는 것'이 주된 임무였기에, 상인들은 억지로 상품을 권하거나 하지 않고 손님들이 즐거워할 수 있도록 다른 나라의 유행과 떠도는 소문들, 기타 갖가지 정보를 알려주기도 하고 손님들로부터도 여러 가지 이야기를 끌어냈다.

"……놀랍네……."

"사람을 겉만 봐선 모르겠네……."

"설마 저렇게 손님을 잘 다룰 줄이야……. 연구자라고 깔보면 안 되겠어요……."

"역시 선발된 사람들이어서……."

쿵, 쿵!

"야앗!"

"무슨 짓이에요, 레나 씨!"

레나에게 지팡이로 갑자기 머리를 얻어맞아 비명을 내지른 폴린과 불평하는 마일.

"입 밖으로 꺼내면 안 되는 것들, 주의했잖아?"

""아……""

과연 자기들끼리 있을 때도 부주의한 이야기는 하지 않기로 정했었다. 게다가 방금 한 대화는 들리지 않았겠지만, 바로 근처에 이 도시 사람들이 있다. 레나와 메비스가 한 말은 허용 범위 내에 있었지만, '연구자'라든지 '선발된 사람' 같은 단어는 완전히 아웃이었다.

"죄송해요……."

"제가 경솔했어요……."

자신들의 잘못을 순순히 인정하고 사과하는 마일과 폴린.

처음에는 긴 테이블 위에 견본으로 밀과 소금, 술, 기타 여러 가지 물품을 몇 가지 진열해두기만 한 '붉은 맹세' 쪽에는 손님이 없었고, 모두 흥미로운 물건이 잡다하게 놓여 있는 상인들의 짐마차와 시트 쪽에 몰려 있었다.

당연한 일이다. 아무리 필수품이라지만 밀도 소금도 술도 그리 구하기 힘든 것이 아니다.

부족하긴 하지만 아예 없는 것도 아니어서 돈을 모으면 얼마든지 구할 수 있는 것들이었다. 그리고 다른 나라의 상단이 굳이 며칠씩이나 험한 길을 걸어서 가져왔다는 건 그만큼 운송비와 수고비가 붙었다는 뜻이고, 무겁고 부피가 큰 물건들은 특히 더

그랬다.

인건비, 호위 고용비, 말과 마차의 감가상각, 몇 번 중에 한 번은 도적이나 마물을 만나 전부 잃을 수 있다는 위험에 따른 할증까지.

그러한 요소들이 더해지면서 다른 나라에서 온 상품은 몇 할 정도 가격이 올라가고 만다.

아무리 다른 나라의 생산지 매입가가 더 낮다고 해도 운송 때문에 가격이 5할, 6할 늘어난다면 아무런 의미도 없다.

그래서 일단은 특가 상품, 흥미로운 상품, 희귀한 상품들이 있나 싶어 사람들이 몰려들어도 그냥 구경만 하는 것은 당연한 일이었다.

……하지만 '붉은 맹세'에서 초조한 기색은 엿볼 수 없었다.

아마 승산이 있을 테지만, 만약 여기서 못 팔더라도 문제 될 것은 하나도 없었다. 이대로 아이템 박스에 넣어두었다가, 매입가보다 높게 팔 수 있는 곳에 갔을 때 팔면 그만이니까.

그리고 언젠가는 기후가 나빠져 흉작이 되거나 전쟁이 터져 식량이 고갈될 때도 있을 것이다.

……수납한 것이 상하지 않는 아이템 박스는 반칙이었다…….

"뭐야? 싸잖아?"

상인들의 상품을 대충 둘러본 후, '붉은 맹세'의 상품을 구경하러 온 중년 남자가 놀라서 소리쳤다.

"밀, 보리, 소금, 술, ……그리고 이건 설탕인가? 이웃 나라에서 가져온 건데 이 가격이라니, 적자 아니야?!"

그렇다, 중년 남자의 말대로 그 상품들은 이 근방의 시세보다도 더 쌌다.

폴린은 '자신들이 적자가 되는 것을 무시하고 시세보다 싸게 팔아서는 안 된다'고 말하지 않았던가?

그런데 어째서…….

"아, 그건 『품질이 떨어지는 물건』들이어서 그래요!"

""""""""헉……."""""""""

판매하는 소녀의 말에 경악하는 사람들.

상인이 자기 입으로 상품을 '품질이 떨어진다'고 말할 리는 없다. 가격을 흥정하려고 상대의 상품을 깎아내릴 때를 제외하고…….

하물며 자신이 고용한 소녀가 그런 말을 내뱉는 것을 상인들이 용납할 리 없었다. 버럭 화를 내며 혼내는 것으로 끝나면 다행이고, 아마 흠씬 두들겨 팰 것이다. 그런 생각에 사람들이 상인들 쪽을 쳐다보았는데…….

상인들은 소녀의 큰 목소리를 똑똑히 들었을 텐데도 신경 쓰는 기색도 없이 물건을 팔며 세상 돌아가는 이야기를 이어가고 있었다.

"……아, 여긴 저쪽 상인들이랑은 다른 노점이에요. 그러니까 값을 매기는 것도 파는 방식도, 저쪽 상인들과 아무런 상관이 없어요. 저희 가게는 저희 넷이 경영하고 있으니 전부 저희 마음대로랍니다."

은발 소녀가 생긋 웃으며 말하자, 놀라움을 감추지 못하는 현지 사람들.

아래로는 12~13살, 제일 위도 17~18세 정도로밖에 보이지 않는 소녀들이 상인들 틈에 섞여서 자기들끼리 장사를 하고 있다. ……그것만으로도 놀라운데, 이런 가격에 물건을 팔고 또 그렇게 해서 이익을 내고 있다. 도대체 이게 무슨 일인가…….

"아까 말씀드렸다시피 이건 품질이 떨어지는 불량품이에요. 입자가 작아서 검사할 때 떨어져 버린 것, 밀이 수확 직전에 수해를 입어 발아 단계에 들어가 버린 것, 수분 함유량이 많은 것이 온도가 살짝 높은 곳에서 보관되어버린 것, 기타 여러 가지 이유로 정상 가격을 붙일 수 없는 것들이에요. 하지만 발아 초기 단계에 들어가 버리긴 했어도 쓰는 과정에 점성도가 필요한 게 아니라면 크게 문제 되지 않고, 악조건 속에 보관된 것 역시 남은 보관 가능일 수가 확 줄어들긴 했지만 바로 쓸 거라면 괜찮아요. 단순한 기분 문제예요, 기분 문제! 하지만 아무리 사소하다 해도 하자가 있으면 이 세상에서는 통용되지 않지요……. 가격이 곤두박질 친다고욧! 그래서 그러한 『사정 있는 물품』을 싼값에 사모아서, 그럭저럭 괜찮은 가격에 사줄 것 같은 이곳으로 가져왔어요! 다른 상품들도 같은 이유입니다. 바로 쓰면 문제가 없는데도 배부른 사람들은 피하고 사지 않는, 사정 있는 물품. 유통기한과 주의사항은 물품마다 주의서가 붙어 있어요. 그런 조건이라도 괜찮은 분들은 정말 득템 하시는 거예요!"

""""""""""…………."""""""""

지나치게 솔직하고 직설적인 소녀의 말에 다소 황당하다는 표정을 짓는 손님들.

하지만 이해가 되었다.

소녀의 설명은 이 가격으로 파는 이유를 충족시켰고, 손님을 속인다거나 나쁜 짓을 저지르는 것이 아니었다. 아마도 밑천이 부족한 소녀들이 지혜를 짜내어 생각한, 최대한으로 해볼 수 있는 장사 방법이었으리라.

그리고 이곳에는 그러한 물건이 부족해 가격이 천정부지로 치솟았다. 가난한 사람은 슬슬 사기 힘들어지고 있었다. 장기 보관할 수 있을 정도의 양을 사서 재어둘 여유도 없었다.

……그러니 사정은 있어도 실제로는 거의 지장을 주지 않는 물품을 싼값에 살 수 있다면 그건 엄청난 득템이 아닌가?

그렇게 생각한 사람들은 상품의 '사정'과 주의사항이 적힌 설명서 쪽으로 몰려들었다.

((((계획대로야…….))))

손님을 친절히 상대하면서 속으로 의미심장하게 웃는 '붉은 맹세'였다…….

*　*

"굉장하시네요, 여러분……."

숙소에서 저녁을 먹으며, 상인들이 마일 일행에게 말을 걸었다.

통상적으로 상단이 도시의 여인숙에 숙박하는 것은 며칠에 한 번뿐이다.

상인들만 여인숙에 묵을 수도 없는 노릇이고, 마부와 호위들까지 포함해 전원이 매일같이 여인숙에 묵으려면 상당한 비용이 든다. 마구간과 마차를 댈 수 있는 공간이 있고, 말을 돌볼 사람과 밤에 마차와 안에 든 짐을 감시해 줄 사람이 있는 곳으로 알아보려면 그 근방의 싸구려 여인숙은 불가능했고, 애당초 손님의 질이 나쁜 여인숙일수록 안전상에 문제가 있었다.

그래서 가도 곳곳에 설치된 야영용 공간에서 숙박하는 것이 일반적이었고, 여인숙에서 묵는 것은 장사를 위한 정보 수집과 휴식을 위해 일주일에 한 번 정도로만 했다. 장사 때문에 도시에 체류하는 동안에도 공터나 광장 구석에 텐트를 치고 자는 경우가 많았다.

하지만 이 상단의 목적은 돈벌이가 아니므로 거의 매번 여인숙을 찾았다. 그것도 상당히 좋은 여인숙에.

파티 홈도 없이 싸구려 여인숙만 전전하는 하층 헌터들이 구미가 당기는 정보를 가지고 있을 확률은 낮았고, 그런 것은 헌터로 변장한…… 아니 원래도 헌터인, 동료 간첩들이 할 일이었다.

이 상단에 주어진 임무는 다소 비싼 여인숙의 종업원이나 그곳에서 숙박하는 '행세깨나 하는 사람들'을 대상으로 정보를 모으는 것이다.

하지만 도시 바로 앞 야영용 공간에서 야영 준비를 하는 다른 상단이나 꽤 위세 있어 보이는 상급 헌터 파티를 발견하기라도 했을 때는 서둘러 그곳에서 야영할 때도 있었다.

물론 그들에게 접근해 이런저런 이야기를 듣기 위함이었다. 여인숙에서 우연히 함께 지내게 된 사람에게 말을 거는 것에 비해 야영지 쪽에 훨씬 세상 돌아가는 이야기를 나누기 쉬우니까.

그리고 그때에는 마일이 만든 저녁 식사를 나누어주는 것이 좋은 구실이 되어, 대체로 상대가 몹시 기뻐하며 먼저 적극적으로 이야기를 늘어놓았기 때문에 상인들은 마일에게 추가 보수를 약속하기까지 했다.

"그 나이에 설마 그런 틈새 공략을 생각해 내다니……. 일반 상인이 별로 이윤의 폭이 크지 않더라도 고가의 물품을 취급해 충분한 이익을 내려고 하는 원거리 통상에서, 설마 쓰지도 못하는 상품을 헐값에 사들여 현지 시세보다 조금 싸게 팔아 큰 이익을 남길 줄이야……. 이야, 탄복했습니다!"

상인이 입에 침이 마르도록 칭찬하자 에헤헤, 하고 멋쩍게 웃는 마일이었지만 나머지 세 사람은 복잡한 표정이었다.

이건 마일의 상식에서 벗어난 수납마법(아이템 박스)이 있기에 가능한 방법이지 일반인이 떠올린다고 해서 그리 쉽게 실현할 수 있는 게 아니었다.

그리고 그렇게 자기 마음대로 질 낮은 물품을 대량으로 구할 수 있는 게 아니라, 사실 대부분은 단순히 '급 낮은 싸구려이기는 하지만 일반 상품'이었다. 물론 폴린이 값을 마구 후려치긴 했지만…….

그래도 물가가 싼 곳에서 대량으로 사들인 싸구려여서 충분한 이익은 나왔다. ……운송비가 공짜니까.

자신들의 지혜와 노력을 인정하고 칭찬하는 것이라면 그건 기쁜 일이다. 하지만 이번에는 단순히 마일의 능력에만 의지한 것으로 자기가 자랑스러워할 만한 부분은 하나도 없었다. 레나 일행은 그걸로 잘난 척할 만큼 얼굴이 두껍지 않았다.

하지만 그걸 말로 할 수도 없는 노릇이라 시무룩한 표정을 지으며, 상인을 상대하는 일은 마일에게 전부 맡겼다.

"여러분 덕분에 『저 소녀 상인들은 정체가 뭐야』, 『당신들은 저런 사정 있는 상품은 취급하지 않나?』 하고 말을 많이 걸어줘서, 정말 큰 도움이 되었습니다. 원래 의심 없이, 단순히 사고파는 이야기만이 아니라 다른 화제로 이끄는 게 제일 어렵거든요. 『이거 얼마예요?』, 『네, 은화 2닢입니다』라는 대화만으로는 정보 수집이고 뭐고 안 되니까요. 그런데 상대가 먼저 그런 이야기를 꺼내주니 얼마나 고마운지……. 하지만 그것도 오늘 한정이니 아쉽군요……."

상인들은 '붉은 맹세'가 오늘 하루만 수백 킬로그램 분의 상품을 팔아치운 터라, 수납마법 속 내용물을 전부 다 꺼내 이제 없을 거라 여기고 있었다. 마일이 자중해서, 그렇다, '자중'해서 지금까지 텐트 이외에는 꺼내지 않았기 때문이다.

조리기구와 식자재 등은 전부 텐트 안에서 밖으로 가져와 요리했기 때문에 상인들은 마일의 수납마법이 그 텐트를 넣는 것만으로도 꽉 차서, 필요한 물건은 전부 텐트 속에 들어 있었다고 생각했다.

수납의 한계는 부피와 질량의 상관관계로 정해지기 때문에 설마 텅 빈 텐트를 접지도 않고 그대로 수납하는 사람이 세상에 존재한다고는 꿈에도 생각하지 못했기에…….

그리고 수납의 용량이 크다는 사실을 왕궁 쪽에서 알면 별로 좋지 않다고 생각한 '붉은 맹세' 멤버들도 '텐트 부피만으로 꽉 찬다'고 여기게끔 행동하기도 했다.

……애당초 이미 그 시점에서 '왕궁이 전력을 다해 달려들, 상식 밖의 초특대 용량'이라는 사실을 눈치채지도 못하고.

'익숙함'이란 정말 무섭다…….

*　*

"엥……."

이 도시에 노점을 연 지 이틀째.

첫날에 이어 텐트에서 대량의 상품을 꺼내와 긴 테이블 뒤에 쌓는 '붉은 맹세'를 보고 상인들은 눈을 커다랗게 뜨고 멍하니 서 있었다.

설마 이것들이 팔려서 점점 줄어들면 또 어제처럼 텐트에서 추가분이 속속 나오는 건가…….

무심코 그런 생각을 해버리는 상인들이었는데…….

"'아니야! 아닐 거야, 아닐 거야, 아닐 거야, 아닐 거야, 아닐 거야, 아닐 거야!'"

그렇게 속으로 외쳤다.

"자, 『이동상점 성녀옥』, 파워풀 전투 개시, 입니다!"

자신만만했다.

""""하앗!""""

폴린의 구호에 대답한 '붉은 맹세'. 이렇게 해서 오늘의 전투가 시작되었다.

그렇다, 상인에게 장사란, 곧 '전투'였다.

손님과의 전투, '장사의 적기'라는 변덕스러운 마물과의 전투, 그리고 자기 자신과의 전투.

진짜로 '사정 있는 물품'은 정말 대부분 어제 다 팔았다. 애당초 도매상에서는 그런 것을 대량 판매하지 않는다.

그리고 만일의 상황에 대비해 '진짜로 사정 있는 물품'의 일부는 그대로 남겨두었다.

……다시 말해 오늘 팔려고 내놓은 것들은 전부 '싸구려 저급이긴 해도 일반적인 상품'이었다. 그래서 진지하게 임하지 않으면 이익을 낼 수 없었다. 일반적인 저급 상품을 '사정 있는 물품치고는 비싼 가격. 아무리 저급이라도 이곳 시세를 고려했을 때 일반품치고는 상당히 싼 가격'으로 파는 것이었기에…….

그런데 이 힘든 상황 속에서 폴린은 혼자 불타오르고 있었다.

"마일의 수납을 이용한 장사의 테스트 케이스예요! 이번 기회를 통해 데이터를 모아 미래를 위해……. 그리고 제가 직접 기획한 이 장사, 반드시 흑자를 내고 말겠어요!"

보아하니 그럴 마음만 먹으면 더 효율적으로 돈을 벌 방법이 있음에도 이번에는 일부러 이런 방식을 선택한 듯했다. 그 결의를 들은 다른 사람들은…….

"……앞으로 계속 마일의 수납을 쓸 생각이었구나……. 헌터를 은퇴하고 상회를 연 후에도……."

"폴린, 그건 좀……."

"무, 무무무슨! 저, 상가의 짐꾼으로 인생을 끝낼 생각은 없는데요!"

레나, 메비스, 그리고 마일 본인으로부터도 비난이 쇄도했다.

"헉? 허어억?"

"왜『믿을 수 없어!』,『다들, 무슨 소릴 하는 거야?』같은 표정을 지으면서 놀라는 거죠?! 이번에는 가난을 겪고 있는 제국 평민분들에게 도움이 될 것 같다는 생각에 받아들인 거라고요!"

순수하게 놀라는 폴린의 모습에 놀랄 사람은 저라고욧, 하는 표정을 짓는 마일.

"""……."""

그리고 어이없어하는 레나와 메비스.

마일은 폴린의 부속품이 아니다. 과연 폴린, 이번에는 좀 폭주한 듯했다.

"폴린은 훌륭한 상인이 꿈이잖아? 마일의 특별한 능력을 이용해 돈을 벌겠다니, 그렇게 치사한 짓으로 돈을 벌면 정말 기쁠까?"

((아앗!))

메비스가 절대 해서는 안 되는 말을 내뱉고 말았다.

……아니, 그 말 자체는 틀리지 않았고, 그 말을 레나나 마일이

말했다면 문제 될 게 없었다. 하지만 하필이면 메비스가 그렇게 말해버렸으니…….

"그 말을, 마일에게 달라붙어 얻은 치사한 방법으로(특제 왼팔) 기사가 되려는 사람한테 듣고 싶진 않은데요!"

"으윽?!"

((아아, 역시…….))

치명상을 입고 주저앉은 메비스, 그리고 너무나 예상대로였던 폴린의 반응에 무심코 표정이 굳은 레나와 마일.

그렇다, 메비스는 왼팔을 치료해 원래대로 돌아가기를 거부하고 있었다. ……이대로 있는 편이 기사가 될 확률이 더 높다는 이유로.

……성대한 부메랑이었다…….

잔뜩 웅크리고 있어서 아무 쓸모도 없어진 메비스를 그대로 내버려 두고 영업을 시작한 세 사람.

그리고 그 모습을, 무섭다는 표정으로 곁눈질하는 세 상인.

"'진짜 상인, 무서워라아아~~!'"

……아니, 폴린은 '상가의 딸'일 뿐이지 아직 진짜 상인은 아니지만…….

"마일, 『사정 있는 물품인 증류주』 보충, 부탁해!"

"알겠습니다!"

그리하여 순조롭게 물건이 팔려나갔고, 텐트에서 계속 물건을 가져와 보충했다.

그중에서도 특히 잘 팔리는 상품은 '수해를 입어 유통기한이 짧아진 물건 코너'에 있는 주류였다.

왜 주류가 '수해를 입어 유통기한이 짧아진 것'에 속할까. 그것도 증류주가 말이다.

영문을 모르겠다.

하지만 손님들에겐 나쁘지 않은 이야기였다. 그것도 손님 중 몇몇이 시험 삼아 산 것을 그 자리에서 열어 시음해보고 '과연 가난한 사람이 마시는 싸구려 술이군, 그 이상도 그 이하도 아니야' 하고 사실을 확인한 후부터는 날개 돋친 듯 팔려나갔다.

그리고 사흘째 되던 날.

텐트에서 나온 대량의 '사정 있는 상품'.

"""""……그럴 줄 알았어."""""

이제는 완전히 체념한 듯한 상인들이었다…….

"내일, 이 도시를 떠나겠습니다."

점심시간에 상인 리더가 '붉은 맹세'에게 그렇게 알렸다.

"원래 일주일 정도 머무르려고 했는데, 예상 이상으로 손님들이 정보를 많이 알려줘서 이 근방의 소문들은 대강 수집을 마쳤습니다. 이제 상품 판매도 저조해졌고……."

장사가 주목적이 아니므로 상품 판매 따위는 이 상단의 행동과 별로 상관없을 터였다.

하지만 아무리 '가짜 상인'이라도 실제로 물건을 팔다 보면 왠지 게임이라도 하듯 즐거워지고 돈을 얼마나 버는가에 열중해버리게 되는 것은 모르는 바도 아니다. 그래서 무심코 그런 말이 나오고 만 것이겠지.

"꼭 이곳의 소문을 백 퍼센트 모아야 하는 것은 아니니까요. 7~8할 정도만 모아도 성공인 겁니다. 어차피 『소문』이니까 정보의 정밀도도 낮고요. 이제 각지의 소문을 비교, 대조하고, 왕도로부터 떨어진 거리에 따라 소문의 내용이 어떻게 달라져 가는지, 그리고 확산 방향에 따라 어떤 차이가 있는지 등에 의해 그 지방 주민의 잠재된 소망을 산출해낼 수 있으므로, 한 군데에 오래 머무르는 것보다는 많은 곳을 떠도는 편이 나아요. 이야기란 점점 과장되고 군더더기가 붙는 것이 당연하겠지만, 사람들의 마음속 소망이 반영된다는 것이 핵심입니다."

""""""아하……."""""

과연 이 역할을 맡을 만했다.

아마도 단순 사무직에 있는 사람이 선택된 게 아니라 그 방면으로, 그러니까 정보와 관련된 전문가들일 것이다.

정보원이라고 해도 그 모두가 007처럼 화려한 실력을 갖췄다고 할 수는 없다. 대부분은 일반인으로 보이고 일반인과 비슷한 신체 능력밖에 없는, 그냥 시원찮은 아저씨다.

아무래도 현대 지구와 비교했을 때 과학 지식은 많이 떨어지지만, 이런 점에서는 그리 큰 차이가 없어 보였다. 지구에서도 철학 등은 고대 그리스 무렵에 이미 상당히 발달했고, 현대인도 적수가 안 될 정도로 깊은 사상을 지닌 사람들이 많이 있었다.

'이 시대 사람들은 정보량이 적고 통신 인프라가 발달하지 않아 지식량이 부족할 뿐이지, 결코 머리가 나쁜 게 아니야……. 특히 비교적 많은 정보를 모았거나 주변 사람들에게 이것저것 가르쳐 줄 위치에 있는 사람들은 상당히 머리가 좋은 것 같고…….'

그렇게 생각하며 감탄하는 마일.

메비스와 레나, 폴린도 겉으로 보기에는 미덥지 못한 아저씨들로만 보이는 상인들이 한 지적인 설명에 감탄하고 있는 것 같았다. 특히 전략적인 견해에 감탄한 듯한 메비스와 장사할 때 정보 분석으로 응용할 수 있을 것 같다는 견해에 감탄한 듯한 폴린.

웬일로 제일 와 닿지 않아 보이는 사람은 레나였다.

그야 별수 없으리라. 일개 헌터와는 연이 없는, 아무런 도움도 되지 않는 견해일 테니…….

……아무튼 '붉은 맹세'의 입장에서 갑작스러운 출발쯤은 일상다반사였기에 아무런 문제도 되지 않았다.

"알겠습니다. 그럼 내일 출발하는 것으로……."

여인숙에 출발을 알리고, 말이 먹을 풀과 사람용 식량을 준비하고, 마차를 이동 모드로 변형하는 작업과 정비 등은 전부 고용주인 상인들이 할 일이었기에 '붉은 맹세'와는 상관없었다. 그래서 상인들에게 그렇게 말한 후 메비스가 모두에게 제안했다.

"그럼 오늘은 장사를 일찍 접고 이 도시의 특산품이라든가, 앞으로 갈 곳에서 비싸게 팔 수 있을 것 같은 물건, 그리고 레니랑 고아들에게 줄 만한 선물이 없는지 알아보러 갈래?"

""""찬성!""""

보통 선물 등은 짐이 되기 때문에 돌아갈 때 사기 마련이지만, 마일의 수납마법(아이템 박스)이 있는 '붉은 맹세'와는 거리가 먼 이야기였다. ……유통기한이라든지 짐마차의 용량이라든지, 무게라든지, 모든 것들이…….

또 '붉은 맹세'는 판매용 상품은 이곳에서 산 가격보다 동화 한 닢 분이라도 더 비싸게 팔 수 있다면 그만큼 전부 이익으로 돌아갔다. ……운송과 호위에 필요한 비용이 공짜였기에.

'붉은 맹세'의 이야기를 듣고 있던 상인들이 맥 빠진 표정을 짓는 것도 어쩔 수 없었다.

……그건 정말, 어쩔 수 없는 일이었다…….

제87장 제국 여행

"정확히 정각에 등장!『제국』인 만큼……." ('정각'과 '제국'의 일본어 발음은 같다)

마일의 말을 그대로 무시하고, 여인숙을 출발하는 상단이었다…….

이러한 상단의 호위 의뢰를 수행할 때에는 물과 휴식 때 먹을 과자, 식사 등은 전부 고용주 측이 준비하는 것이 관례다. 호위들이 별도의 식량이며 조리도구를 가져와 봐야 짐만 되고, 식사시간마다 따로 요리하는 것도 낭비고, 무엇보다 식사 내용 차이는 불화의 씨앗이 되는 법이었다.

군대에서도 식사만큼은 하급 병사든 상관이든 똑같은 음식을 먹는다. 그렇게 하지 않으면 사기를 유지할 수 없기 때문이다.

그래서 이번 계약도 그렇게 되어 있었다. ……계약상으로는 말이다.

"자~, 다 됐어요~!"

하지만 어떻게 된 영문인지 마일이 수납(아이템 박스)에서 꺼낸 조리도구와 식자재로 요리를 하고 있었다. 당연하다는 듯이…….

상인들에게 마음을 쓴다거나 서비스 따위가 아니라, 레나 일행이 '더럽게 맛없는 휴대용 보존식 따위를 내가 먹을 것 같아?!' 하고 짜증을 냈기 때문이다. ……그것도 첫 야영 때.

원래라면 여행을 시작하고 처음 며칠 정도는 신선 식품을 먹는다. ……그 후부터는 휴대용 보존식이 나오게 되지만 말이다. 호위들이 작은 동물을 잡거나 식용 산나물을 뜯어오는 경우를 제외하고.

그리고 이 상단은 주요 가도에서 벗어나지 않고 이동하는 데다가 도시에서는 반드시 여인숙에서 묵기 때문에, 2~3일 이상 아무 보급도 없이 야영을 계속하는 일은 없고 돈을 별로 아끼지 않으므로 항상 신선 식품이 끊기지 않아서 매번 비교적 제대로 된 식사를 할 수 있을 터였다. ……일반적으로 생각하면 말이다.

그런데 이 상단은 일반적이지 않았다.

일반 상단의 경우 상단을 짜서 여행길에 오르는 상인은 여행에 익숙해서 간단한 요리 정도는 만들 줄 알았다. 그중에는 상당히 공들인 요리, 자기만의 오리지널 요리 등에 자신 있는 사람도 절대 적지 않다. 상단의 마부는 대체로 상인들이 식사 준비를 떠맡기에 요리하지 않는 사람도 많지만…….

아무튼, 도시를 떠나 2~3일은 제대로 된 음식을 먹을 수 있는 게 일반적이었다. 그리고 이 상단은 2~3일 간격으로 다음 도시에 도착하고 며칠씩 머문다. 즉, 여행 중 그리 형편없는 식사를 할 일은 없어야 할 터였는데.

매번 상단 전원의 식사 준비를 마일에게 시켜서는 곤란하다.

마일의 부담을 운운하기 이전에, 진짜 상인이 아닌, 아마도 왕궁 혹은 군 관계자, 그것도 상당히 상위층에 가까울 듯한 사람들에게 그렇게까지 해줄 필요는 없고, 해서도 안 되었다.

지금은 계약대로 그리고 일반 상단이라면 당연히 그렇게 하듯 끼니 제공은 고용주에게 맡겨야 마땅했다.

사전 논의 때에도 그렇게 결론 내렸던 '붉은 맹세'였는데…….

여행 첫날부터 갑자기 '딱딱한 빵, 육포 조금, 수프 분말에 말린 채소 조각을 조금 넣고 끓인 것'이라는, 궁상 휴대식 3종 신기가 등장한 것이다. 심지어 수프는 미지근하고 싱거웠으며 말린 과일은 한 조각도 찾아볼 수 없었다.

게다가 첫날부터 그런 식사라는 건 요컨대 앞으로 야영할 때마다 매번 이런 식이 될 것을 의미했다. 이 여행이 끝날 때까지, 쭉…….

그렇다, 레나 일행은 진짜 상인이 아닌 남자들에게 도대체 무엇을 기대했던 걸까.

그건 처음부터 당연히 예상할 수 있었던 일이리라. 그런데…….

""""뭐야, 이게에에에에~~!!""""

"장난치지 말라고!"

"사람을 얕잡아보는 겁니까아아!"

"……저기, 이건 좀 아닌 것 같은데요……."

……잔뜩 열 받았다.

레나뿐 아니라 폴린까지도. 그리고 평소에는 온화한 메비스마저 필사적으로 평정을 유지하려고 노력하고 있었지만, 핏대를 세우며 화내고 있었다. 아무렇지 않아 보이는 사람은 마일뿐이었다.

마일은 여차하면 아이템 박스에서 얼마든지 음식을 꺼낼 수 있고 직접 가열 마법을 써서 음식을 뚝딱 만들 수도 있다. 그래서 주는 것을 다 먹고, 원하는 것을 또 마음껏 먹을 수 있었기에 상인들에게 받은 음식에 대해 아무런 생각이 없었다.

또 마일은 전생(前世)의 미사토였던 시절부터 음식에 관해서는 관대한 편이었다.

아니, 물론 맛이 좋은지 나쁜지는 구별할 줄 알았고, 당연히 맛있는 게 최고였다. 그리고 구애받을 때는 꽤 구애받았다.

하지만 미사토는 고급요리의 맛이라든지 식감의 절묘한 조화를 즐길 수도 있거니와 인스턴트 라면의 맛을 즐길 줄도 알았다.

그렇다, 맛없는 것이 나온다고 밥상을 뒤집어엎는 게 아니라, 고급요리든 싸구려 요리든 그리고 맛있는 요리든 맛없는 요리든 '그 나름의 수준으로 맛보고 즐기는' 사람이었다. 그래서 유일하게 마일만은 태연한 표정이었는데…….

"마일, 다음부터 네가 만들어!"

"네? 하지만 사전 회의 때……."

"네 · 가 · 만 · 들 · 어!"

"엥, 아니, 하지만 다 같이 정한……히익!"

양쪽에서 폴린과 메비스가 사람 죽일 것 같은 눈으로 노려보자, 자기도 모르게 목소리가 떨리는 마일이었다…….

이리하여 이번 여행에서 이동 중의 식사와 간식, 마실 거리 등의 준비는 마일이 맡게 되었다.

물론 폴린도 도왔고, 레나 역시 파이어 볼로 물을 끓여 주었다. 메비스는 식자재를 썰어 잘게 나누는 것과 내장 처리 등을 맡았다.

……그렇다, 결국 평소와 똑같았다…….

인간이란 한 번 맛을 알아버린 사치는 놓아버릴 수가 없다. 그런 법이다.

"레나, 예전에 말했었던『마일 없이도 괜찮아지는 훈련』은……."

메비스가 살짝 뒤가 켕긴다는 표정으로 말했지만, 레나는 태연하게 대답했다.

"마일도 말했잖아?『그건 그거, 이건 이거』, 그리고……."

""""『내가 하면 로맨스, 남이 하면 불륜』!!""""

틀렸다.

……다 틀려버렸다…….

상단은 첫 도시에서 했던 것을 계속 반복하면서 이동하여 점점 제도와 가까워졌다.

그 과정에서 팔 물건이 많이 줄어든 상인들에게 '붉은 맹세'가 왕국에서 사들인 상품 일부를 몇 번인가 양도해주기도 했다.

……물론 할증된 가격으로.

딱히 값이 싸게 나가는 식자재만 사들인 것은 아니었다. 제도와 대도시의 유복한 사람들에게 팔기 위한 고액의 상품은 물론이고, 상인들에게 비싸게 팔 것들까지도 미리 준비해두었다.

그렇다, 상인들이 팔 물건이 행상을 계속 이어나가기에 부자연스러울 만큼 모자라게 되는 것까지 예상했다. ……폴린 그리고 레나가.

그리고 마일이 중얼거렸다.

"게이트 오브 바빌론……."

그렇다, '무한한 상품 저장고'였다…….

*　*

"자, 이렇게 해서 제도와 가까운, 상당히 규모가 큰 도시에 도착~했습니다!"

"굳이 설명하지 않아도 다들 알거든?!"

도시에 도착할 때마다 반드시 뭐라고 말하지 않으면 성에 차지 않는 마일. '제가 돌아왔습니다!'라든지, 그런 녀석이었다. 이번에는 단순한 설명이어서 얌전한 부류에 속하는 대사였다.

"주변 시골에서 들은 소문과 주민들의 의식 조사가 상당히 진행되었습니다. 영주가 어떤 부역과 징병을 시키고 있는지, 앞으로의 징병 예정 등을 많이 들을 수 있었고요. 제도까지 사실상 최단 거리로 오기는 했습니다만, 샘플 조사로는 문제가 없습니다. 특히 제도에서 본국에 걸친 지역의 조사 결과니까요. 지금부터는 제도와 가까운 주요 도시부를 조사하겠습니다. 시골과 달리 귀족과 관헌의 눈이 번뜩이고 있으니 간첩은 위험도가 확 올라갑니다. ……뭐, 우리야 그저 평범하게 행상만 하는 거니까 괜찮겠지만,

손님에게 정치, 경제, 군사와 관련된 이야기를 너무 대놓고 물어보는 것은 위험할지도 몰라요. 여러분도 부주의한 발언을 하지 않도록……."

상인 리더가 '붉은 맹세'에게 충고했다. 그들에게 그 정도는 상식이겠지만…….

"알았어."

레나의 대답과 동시에 고개를 끄덕이는 '붉은 맹세' 일동.

원래 잡담을 나누며 정보를 모으는 임무와는 상관없는 '붉은 맹세'지만, 판매원이 어린 소녀들이다 보니 손님이 먼저 적극적으로 말을 붙일 때가 많아서 의도치 않게 세상 돌아가는 이야기에 끼어들게 되곤 했다. 그리고 어쩌다가 필요한 이야기를 듣게 되면 당연히 나중에 상인들에게 전달했다.

그렇게 해서 간첩 대작전, 제2라운드가 시작되었다.

*　*

""""뭐야…….""""

제도와 가까운 대도시에서의 장사.

여느 때와 다름없이 광장에 진을 치고 노점을 열었다.

상인들은 짐마차를 매대처럼 사용해 장사하고 있으니 노점 판매. '붉은 맹세'는 매대 없이 장사하고 있으니 노천 판매였다. (노점'과 '노천'의 일본어 발음은 같다)

그리고 상인들이 놀란 까닭은 '붉은 맹세'가 내놓은 상품들의 종류가 확 달라졌기 때문이다.

지금까지는 '싸고 사정 있는 상품인 식료품'이 주체였는데, 이번에는 사치품과 고급품 종류였다. 지금까지 상인들에게도 조금씩 상품을 (할증된 가격으로) 양도했는데 그러한 물건들과도 다른, 값이 꽤 나갈 것 같은 물건들이었다.

물론 귀족과 부자들 대상이 아닌 일반 평민용이기는 했으나 그래도 '평민의 사치품'이었다.

"장사란 무릇 장소와 상대에 따라 파는 상품과 가격이 달라지는 법이잖아요? 시골 사람들을 상대로 한 장사와 대도시 주민들을 상대로 하는 장사는 달라야지요. 그야 당연한 거 아닌가요?"

폴린의 말에 고개를 마구 끄덕이는 레나.

폴린이야 평소에도 그랬지만 레나는 최근 들어 유난히 의욕적이었다.

……아마 아버지와 둘이 다니던 행상 시절을 떠올리기라도 했겠지.

지금까지는 '제도 근처의 대도시에서 흘러들어온 애매하고 불확실한 정보'라든지 '중앙의 일이나 정치에 관해서는 잘 모르는 시골 사람의 심정' 같은, 말하자면 '앙케트 조사' 느낌이었다.

하지만 제도와 가까운 대도시 중 하나인 이곳이라면 제도에 간 적 있는 사람, 가족이나 친척, 친구 등이 제도에서 일하는 사람, 그리고 제도에 산 적 있는 사람 등 정보의 신선도와 정밀도가 차원이 다르다. 또 불확실한 소문이 아니라 구체적인 경험담이라든가 고유의 에피소드 같은 정보도 있으리라.

그렇다, 이곳은 제도에서 어떤 정보를 모아야 할지 방향성을 검토하기 위한, 제도에 들어가기 전의 중요한 정보원이 되는 도시였다.

"자, 파워풀 전투 전개, 입니다!"

"자신만만하네……."

변함없는 폴린의 태도에 쓴웃음 짓는 메비스.

그리고 두 사람의 '일본 전래 허풍동화'에서 인용한 '결정적 대사'에 기쁜 표정을 짓는 마일.

'좋아, 좋아, 꽤 깊이 침투했네요……. 이 기세로 저의 말장난이 통하게 될 토양을 형성해나가는 거예요! 네, 온 세상에!'

마일의 야망은 끝이 없었다.

그건 세계 정복보다도 힘든 여정이겠지만…….

*　*

"제도여, 내가 돌아왔다!"

"……처음 왔으면서……."

마일이 늘 내뱉는 대사에 딴죽을 거는 레나. 항상 있는 일이었다.

주변 지역에서 정보를 수집하던 일행이지만, 딱히 제도를 피해서 주변 지역만 다니자고 생각했던 건 아니다. 그건 어디까지나 '제도로 가는 도중에' 한 일일 뿐이다.

역시 뭐니 뭐니 해도 정보는 중심부에서 모으는 것이 가장 손쉽다. 양도, 신선도도, 정밀도도, ……그리고 사람들의 가벼운 입이라는 면에서도.

그래서 루트를 일직선으로 잡고 제도를 향해 움직였다.

시골은 꽤 폐쇄적이어서 외지인에 대한 경계심이 강하다. 반면 도시는 이웃에 대한 간섭이 적고, 교류할 때 일정 선을 넘지 않아 '이웃과의 친밀한 관계가 희박'할 수 있으나, 대신 낯선 사람에게 과도한 경계심을 품는 법이 없었다. 그래서 조금만 친해지면 의외로 거리낌 없이 대하는 경향이 있었다.

마일은 전생에서, 단지 근처에 살 뿐 마음이 맞는 것도 대화가 잘 통하는 것도 아닌데 서슴없이 사적 영역을 침범하거나 억지로 캐물은 이야기를 계속 물고 늘어지는 사람을 썩 좋아하지 않았다. 또 '시골에서 외출할 때 문단속을 하는 둥, 이웃을 믿지 않는 행동을 하는 건 몰상식해!'라는 이야기도 도저히 받아들일 수 없었다.

'그렇게 하니까 외지인을 과하게 경계할 수밖에…….'

마일은 미사토였을 때 그런 생각을 했다.

마일은 이 세계에서 시골의 순수한 사람들과 교류하는 것은 절대 싫어하지 않았다.

하지만 역시 굳이 말하자면 도시의 인간관계가 마일에게는 더 맞는 것 같았다…….

여하튼 제도였다.

제국이니까 '제도'. 가극단도 화격단도 없지만 '제도'였다. (『사쿠라

대전』 시리즈의 비밀 부대 '제국 화격단'. 평소에는 연극단 '제국 가극단'으로 활동한다)

"저기, 화격단……."

"""""…………."""""

"미리 '허풍 동화'에 넣어놨던 말장난인데……."

레나 일행이 완전히 무시하자 의기소침해진 마일.

여하튼 여기서 일이 끝나도 그대로 곧장 돌아가지 않고 크게 우회할 예정이긴 했으나, 이곳이 이번 의뢰 임무의 정점이 될 장소인 것은 틀림없었다.

이번에는 의뢰로 왔지만, 역시 '붉은 맹세' 멤버들은 '암로스 방면의 비정규 전쟁' 그리고 '아스컴령 방면 침공군 격퇴전'을 생각했을 때 제국은 앞으로도 어떤 식으로든 계속 얽힐 것 같은 상대, 여러 가지로 생각할 구석이 있는 상대였다.

또 마일 입장에서는 '요정 포획 작전'을 마치고 돌아가던 길에 있었던 사건, 그러니까 그 '농촌 선동 사건'의 흑막이 아닐까 하는 의심이 드는 곳 역시 제국이었다…….

그리하여 일행은 일단 숙소를 잡았다.

돈 벌러 온 상단이 너무 좋은 여인숙에 묵는 건 말이 안 된다.

상회주 혼자 거래 협의 목적으로 방문한 것이라면 이야기는 달라지지만, 마부와 호위만 다른 싸구려 숙소에 묵게 할 수도 없기에 그리 비싸지 않지만, 손님의 질이 너무 나쁘지도 않은, 대화 상대가 될 법한 손님층이 묵을 듯한 여인숙을 찾아야 했다. 그렇게 되면 아무리 제도라고 해도 묵을 수 있는 여인숙은 한정적일 수밖에 없었다.

"짐승 귀, 얏호~!"

……그리고 짐승 귀 소녀가 카운터에 있어 몹시 기뻐하는 마일.

다른 손님들도 별로 이상하게 여기지 않고 평범하게 그 소녀와 대화를 나누고 있었다.

"제국은 티루스 왕국이랑 달리 수인이라고 해서 별로 차별하지 않나 봐……."

"『제국』이라고 하면 보통 인간지상주의에 나쁜 나라인 게 정석이죠? 마일의 『허풍 동화』에서는……."

"마, 말 함부로 하지 마!"

폴린의 부주의한 발언에 당황하는 메비스.

하지만 폴린도 바보는 아니다. 근처에 사람이 있는지 없는지 잘 확인한 후에 작은 목소리로 말해서 별다른 문제는 일어나지 않았다.

그렇게 방을 잡은 다음, 상인 중 하나는 내일부터 장사할 예정이라고 상업 길드에 신고하러 나가고 나머지 사람들은 저녁 식사 전까지 각자의 방에서 쉬기로 했다. 신고하러 간 상인도 저녁 식사 전까지는 돌아오리라.

*　*

"……여러분께 안타까운 소식이 있어요."

배정된 방에 들어가자마자 마일이 그렇게 운을 뗐다.

"""음?"""

레나와 메비스는 무슨 일인가 싶어 고개를 갸우뚱거렸지만, 왠지 폴린은 그 '안타까운 소식'의 내용을 예감했는지 뚱한 표정을 짓고 있었다.

"……충분한 양을 준비했다고 생각했는데, 물건이 곧 바닥날 것 같아요."

"뭐?"

"그렇게 많이 사들였는데도?"

레나와 메비스가 깜짝 놀랐지만, 없는 건 어쩔 수 없다.

"생각했던 것보다 장사가 잘됐어요. 그리고 상인 분들에게 나눠드린 것도 은근히 영향을 미쳤어요. 돌아갈 때 물건이 동나면 그때부터는 판매가 아니라 매입으로 전환해서, 상인 분들은 물건을 사들이는 교섭을 하면서 정보를 모으면 되고 저희도 이 나라의 특산품을 사면 되지만, 제도는 물자를 대량 소비하는 곳이지 매입할 수 있는 장소가 아니에요. 뭐, 예술품이나 고도의 공업제품 같은 거야 다르겠지만, 이 상단은 그런 걸 취급하지 않으니까요. 또 우리나라에서도 만들 수 있는 것을, 별로 싸지도 않은 가격에 매입해서 먼 곳까지 운송하는 건 누가 봐도 부자연스러우니까……."

"""""…………."""""

침묵하는 레나 일행.

"그럼 어, 어떻게 하면……."

메비스가 동요하기 시작했다.

하지만 마일은 아무렇지도 않다는 듯 태연하게 말을 이었다.

"아니, 뭘 어떻게 할 필요는 없는데요?"

""뭐?""

다시 머리 위로 물음표를 띄운 듯한 얼굴인 레나와 메비스.

"아니, 우리의 일은 상인 분들과 짐마차 그리고 상품을 지키는 호위잖아요? 우리가 딱히 장사를 꼭 해야 하는 게 아닌데……."

""아!""

언제부턴가 장사가 주목적인 것처럼 생각하고 있었던 레나와 메비스.

본말전도도 정도가 있다.

한편 역시 폴린은 본래 임무를 잘 기억하고 있었던 모양이지만, 네 명 중에서 제일 분통한 사람 역시 폴린이었기에 표정이 어두웠다.

"견적을 잘못 냈어요. 판매 기회의 상실이라니, 매입 담당자로서 천추의 한……."

"아니 우리 『붉은 맹세』가 언제부터 상회가 됐냐고옷!"

역시 폴린도 글러 먹었다…….

"네? 그것이 왜?"

저녁 식사 후 자신들이 팔 물건이 앞으로 하루 분량밖에 남지 않았다는 사실을 상인들에게 전하자, 그들이 어리둥절한 표정으로 되물었다.

“원래 여러분에게 의뢰한 건 호위가 아닙니까. 그야 젊은 여성분들이 옆에서 물건을 팔아주면 호객에 도움이 되니 감사한 일이지만, 저희가 그걸 요구한 것도 아니고 애초부터 그런 지원을 받을 거란 건 상상도 하지 않았으니까요…….”

너희, 도대체 무슨 말을 하는 거야, 하는 투의 말을 들은 ‘붉은 맹세’는……,

“““““그렇죠~?!”””””

“알았어.”

“알고 있었어.”

“당연하죠!”

“그러니까 내가 그렇게 말했는데도…….”

다들 책임……이라기보다는 ‘창피한 말을 해버린 바보’ 역할을 다른 사람에게 전가하려고 그렇게 대충 얼버무렸다. 솔직하게 말한 사람은 마일 혼자였다. 폴린은 분한 마음이 앞서서 자신의 실책처럼 받아들이고 있었다.

“그런 이유로 저희의 장사는 내일 끝나게 됩니다. 이후로는 돌아가는 길에 뭔가 살 만한 게 있으면 사들이는 정도로……. 그래서 제도에서는 여러분의 호위에 전념하도록 하겠습니다.”

마일이 상인들에게 그렇게 말하자…….

“아니요. 제도는 치안이 꽤 좋은 편이니, 이곳을 떠나기 전까지는 자유롭게 지내셔도 됩니다."

""""""네?""""""

상인들의 예상치 못한 대답에 깜짝 놀라는 '붉은 맹세'.

"제도의 상황을 확인해보니 특별히 치안이 나쁘다거나 이상한 모습은 없었습니다. 고위층이 무슨 생각을 하든지 간에 국민에게 큰 영향을 주는 단계는 아닌 듯합니다. 그러니 상업 길드에 신고하고 제도의 중앙 광장에서 노점을 연 다른 나라 상인들에게 시비 걸 자가 많을 거란 생각은 별로 들지 않는군요. 여기가 지방 도시라면 악덕 영주라든지 유력자라든지 깡패나 빈털터리라든지 여러 가지로 문제의 씨앗이 있겠지만, 제도 한복판, 신전과 경비병 초소를 바로 코앞에 두고 남의 나라 상인을 건드는 바보는 그다지 없답니다……."

하긴, 노점을 열 예정인 중앙 광장은 신전을 접하고 있고, 여러 행정 기관 건물이 있어서 경비병이 머무는 초소도 있었다. 그리고 제도에서 다른 나라의 상단을 공격하는 등 망신스러운 일이 일어날 리가 없으니 과연 그런 부분은 안심해도 될 것 같았다.

"그러니 지금까지 계약에 없던 도움을 주신 것에 대한 답례로, 며칠간 제도에서 자유롭게 지내셔도 됩니다."

""""""오오오오오!""""""

잘 생각해보면 제도가 장사할 수 없을 정도로 치안 상태가 나쁠 리는 없다. 특히, 자칫 잘못했다간 다른 나라에 제국이 망신당할 수 있는, 국가를 넘어 교역하는 상인들에 대해서는.

수상한 자가 기웃거리면 경비병이며 신관들이 바로 튀어오겠지.

그럼 사양하지 않고…….

""""감사합니다!""""

그것 이외에 다른 대답은 없다는 듯, 활기차게 대답하는 '붉은 맹세'였다.

"……의뢰를 받자."

""""당연히!""""

별로 돈이 궁한 것은 아니지만, 모처럼 다른 나라에 오지 않았는가. 의뢰를 받아 이 나라에서 실적을 쌓는 것도 나쁘지 않다.

물론 아무리 그래도 원정이나 다른 상인에게 고용되어 먼 도시로 떠나는 호위 임무 같은 것은 논외였다. 갑자기 예정이 바뀌어 출발이 앞당겨질 수도 있고, 다치거나 성가신 일에 휘말려 호위를 할 수 없게 되는 건 곤란했다.

또 만일의 사태가 벌어졌을 때 즉시 달려가려면 연락이 닿는 장소에 있을 필요가 있었다. 아무리 자신 있다 해도 그런 부분은 프로로서 양보할 수 없는 부분이었다.

"하지만 제도 내에서 단기로 할 수 있는 일은 대부분 열 살 미만의 준길드원인 G등급 꼬마나 하는 잡일이라든지 이사 돕기, 짐 옮기기 같이 힘쓰는 단발 의뢰, 갑자기 점원이 쉬게 되어 곤란해진 가게의 일손 돕기 같은 거예요. 다 우리가 받을 만한 의뢰는 아닌……."

"너랑 메비스는 힘쓰는 일에 적임자인데?"

마일의 중얼거림에 씨익 웃으며 딴죽을 거는 레나.

“‘‘으윽…….’’”

천하의 마일과 메비스도 이의 있어 보이는 표정을 지었는데, 레나는 그것을 가볍게 무시했다.

뭐, 여느 때와 같은 가벼운 농담이었기에 둘 다 정말 화난 것은 아니었다. ……게다가 틀린 말도 아니었고.

“그건 길드 지부에 가서 의뢰 보드를 본 뒤에 생각하자고요. 좋은 의뢰가 없으면 의뢰를 받지 않고 제도를 구경하면서 시간을 보내면 되죠. 딱히 억지로 끌리지도 않는 의뢰를 받을 필요는 없으니까…….”

그리하여 결국 폴린의 의견이 채택되었다.

*　*

다음 날 오후, 상품을 거의 다 판 ‘붉은 맹세’는 어중간하게 남은 상품을 상인들에게 넘기고 노점을 접었다. 그리고 상인들과 헤어져 헌터 길드 제도 지부로 향했는데…….

“괜찮은 게 없네…….”

레나가 그렇게 말했는데, 그야 당연했다. 그렇게 딱 조건에 맞는 의뢰가, 그것도 오후에 남아 있을 리가 없었다.

아니, 남아 있기 이전에 그런 의뢰는 애초부터 없었을 게 틀림없었다.

제도 안에서 할 수 있고 C등급 파티가 할 만하고 단기간에 끝나며 좋은 경험이 될 수 있고 제국에 대해 배울 수 있는 일.

"없겠지……."

"없겠죠……."

메비스와 폴린의 말에 이어서…….

"있네요!"

""""뭐야, 그게에에에~~!!""""

마일이 찾아낸 의뢰 카드. 그것은…….

『신변 경호, 기간: 반나절, 4~6명, 보수액: 금화 1닢, 조건: C 등급 이상, 여성에 한함.』

""""아~……."""

레나 일행이 인상을 찌푸리는 것도 무리는 아니었다.

여성 한정 호위 의뢰는 두 가지 경우를 생각할 수 있다.

첫째, 호위 대상자가 젊은 여성일 경우.

둘째, 호위 대상자가 변태 아저씨일 경우.

그리고 이 의뢰가 남아 있다는 건 무슨 이유 때문일까.

가능성 1. 여성들로만 이루어진 4~6명 파티가 없었다.

가능성 2. 질 나쁜 의뢰라는 걸 다들 알고 있었다.

가능성 3. 보수액이 수지에 맞지 않았다. (위험도에 비해.)

그 외 기타 등등.

네 명이서 받으면 한 사람당 소금화 2닢 반.

혹시 몰라서라든가, 잔챙이를 피하기 위한 의뢰라면 도시에서 나가지 않아도 되는 반나절 돈벌이로서는 나쁘지 않았다. 하지만 아주 높은 확률로 습격 또는 유괴 등이 예상되는 의뢰라면 너무 쌌다.

그리고 물론…….

"자세한 내용을 확인하자."

레나의 말에 고개를 끄덕이는 멤버들.

그렇다, '붉은 맹세'는 받을 게 뻔했다.

재미있어 보이는 의뢰, 질 나쁜 의뢰, ……그리고 '붉은 의뢰'.

"그곳이 지옥의 밑바닥이든 전쟁터 한복판이든……."

"부르는 곳이라면 어디든 즉시 출격!"

"위험과 곤란을 무릅쓰고 의뢰를 수행!"

"그것이 악당이라면 의뢰주라도 쳐부순다!"

"그것이 우리……."

""""『붉은 맹세』!""""

그리고 주위에서는 그 지역 헌터들이 깬다는 표정을 짓고 있었다…….

제88장 제국에서의 의뢰

“어디 보자, 호위 대상은 상가의 가족이라…….”

“뭐, 귀족이면 가신이나 영군 병사들이 있으니 굳이 헌터를 호위로 고용하진 않죠. 그리고 일반 평민은 신변 경호를 위한 호위를 고용할 이유도, 그럴 돈도 없으니까…….”

“필연적으로 부자 평민, 그러니까 상가라든지 도시의 유력자가 되는 건가…….”

마일에 이어서 폴린과 메비스가 그렇게 말했는데, 물론 귀족이 호위로 헌터를 고용할 때도 있다. 간 곳에서 갑자기 위험이 닥친다거나 추가 호위가 필요할 때라거나 호위가 필요하지만, 딸에게 남자를 붙이고 싶지는 않다거나, 호위처럼 보이지 않는 자를 몰래 호위로 붙이고 싶다거나…….

……그렇다, 딱 ‘원더 쓰리’가 맡을 것 같은 수요였다.

하지만 이번 의뢰인은 귀족이 아닌 것 같으니 그런 이유와는 상관없었다.

“네. 상대의 이름과 상세한 내용은 예비 설명을 듣고 받을 마음이 생겼을 때만 알려 드립니다. 그리고 자세한 의뢰 내용은 의뢰주에게 직접 들으시게 되어 있어요.”

접수원 아가씨가 그렇게 설명해주었는데, 당연하리라. 의뢰를 받을지 말지도 모르는 사람에게 함부로 상가의 사정과 일정을 다 밝힐 리는 없다. 자칫 잘못하면 그러한 행동이 습격을 초래할 수도 있으니까…….

"알았어. 지금 들은 의뢰의 개요는 문제가 없으니까 받을 마음이 있다고 해줘."

레나의 대답에 접수원 아가씨가 안심한 표정을 지었다.

대상 파티의 조건이 너무나 한정적인 데다 보수액이 그리 큰 것도 아니고, 상가의 호위라면 모를까 상가의 가족을 경호해야 하는 따분한 임무.

……습격이라도 당한다면 따분하지야 않겠지만, 그렇더라도 한 사람당 돌아가는 몫이 고작 소금화 2닢 반인데 호위까지 달린 자를 습격해오는 무리와 싸우는 것은 수지타산이 맞지 않는다. 이건 어디까지나 무슨 일이 일어날 가능성이 거의 없을 경우의 보수액이었다.

그런 까닭에 그때까지 남은 의뢰겠지만, 기일이 얼마 남지 않아서 이대로라면 수주자 없이 '그냥 넘어가게' 된다. 그건 의뢰주의 입장에서 큰 문제였고, 길드의 입장에서도 환영할 일이 아니었다.

상인들의 채취 의뢰 따위라면, 시급하고 목숨과 관련된 특수한 약초인 경우가 아니고서야, 받는 사람이 없어 의뢰가 그냥 넘어가도 큰 문제는 없었다.

하지만 호위 의뢰는 받아주는 사람이 없는 경우, 의뢰주는 움직일 수 없고, 상황에 따라서는 호위 없이 위험한 행동에 나서야 해서 잘못하면 목숨까지 잃을 수 있다. 그러니 받아줄 사람이 등장하자 접수원 아가씨가 기뻐한 것이다.

하지만 '붉은 맹세'는 아직 의뢰를 받은 것이 아니다. 정보가 부족한 예비 설명을 들은 단계에서는 받는 것에 문제가 없다고 판단했을 뿐이다. 그래서 앞으로 들을 상세한 설명에 따라서는 거절할 가능성도 충분히 있었다.

다만 예비 설명을 다 끝내고 의뢰주에게 수주 후보자를 보낸 시점에서, 길드 입장으로서는 일단 면목이 섰을 것이다. 상세한 설명 후에 거절당한다면 그건 의뢰주 본인의 책임이다. 설명을 잘하지 못했다거나 거절할 만한 조건을 제시해서 그런 것이니, 길드 탓이 아니다.

* *

그 후, 길드에서 의뢰주에게 메시지를 보냈고 만날 장소와 시간이 정해졌다.

그리고 그 장소로 찾아간 '붉은 맹세'였는데…….

"환영합니다, 저는 이 의뢰를 낸 보렐 상회의 베브데르라고 합니다. 잘 부탁드립니다."

"C등급 파티 '붉은 맹세'입니다. 의뢰의 상세 설명을 들으러 왔습니다."

중년이지만 아직 배는 많이 나오지 않은 상인에게 형식적으로 인사하는 메비스. 파티의 '성실함'을 강조하고 싶을 때는 주로 메비스가 나섰다.

……그 이전에 '파티 리더'라는 것도 있지만…….

상인의 설명에 따르면 다른 상가 가족과 친목을 다지기 위한 교류회를 마련할 생각이라고 했다.

장소는 제도의 가문(街門)을 나가면 바로 있는 강 둔치. 그곳에서 물놀이도 하고 야외에서 식사도 하면서 두 상가의 가족끼리 교류를 다지는 이벤트인 모양이었다.

제도의 식당에서 함께 식사하는 선에서 그치는 게 아니라 가족과 다 함께 놀고 일상에서 벗어난 장소에서 경험을 공유하는 것이 서로의 끈끈한 인연으로 이어지고 아이들에게도 좋은 경험이 될 수 있다고 여기는 것 같았다.

아마 일본으로 말하자면 친구 가족과의 동반 캠핑 같은 느낌이리라.

굳이 호위를 고용하면서까지, 하는 생각도 들지만, 주머니 사정이 여유롭다면 친구 가족과의 교류와 자녀들의 정서 교육에 돈을 쓰는 건 나쁜 일이 아니었다.

"양가는 취급하는 품목이 비슷한, 뭐 말하자면 라이벌 관계에 있습니다만 공은 공이고 사는 사니까요. 장사할 땐 적일지라도 딱히 인간적으로 서로를 싫어하는 건 아닙니다. 일을 분리해서 생각하면, 똑같이 고생하고 고민을 안고 있는 동업자지요."

꽤 괜찮은 상인들 같았다.

의뢰 내용은 아무리 제도 근처라고는 하나 가문을 넘은 장소는 위험할 수도 있으니, 교류회를 하는 동안 경호를 부탁하고 싶다는 것이었다.

상대 가족도 경호를 고용하기로 되어 있었는데, '너무 우락부락한 근육질 헌터가 지켜보고 있으면 여자들이 무서워할 것'이라며, 헌터를 여성으로 정하자는 제안을 상대 쪽에서 먼저 했다고 한다.

과연 일리 있는 말이었기에 베브데르 씨도 동의해서 이렇게 되었다는 것.

의심스러운 구석은 하나도 없는, 납득할 만한 설명이었다. 헌터는 대부분 거칠고 상스러우면서 다소 비위생적이어서 냄새가 난다. 그런 모임을 할 때 근처에 있어 주면 좋겠다고 생각하긴 힘들 것이다.

또 호위를 누가 대표로 고용하는 것이 아니라 각자 고용하는 것 역시 하나도 이상하지 않았다. 금전적 부담이라는 측면에서 봐도 '그 정도로 상대를 믿는 건 아니다'라는 점에서 봐도…….

아무리 우호 관계에 있다지만 역시 라이벌은 라이벌이다. 자기만 있으면 모를까, 아내와 자식의 안전이 걸린 문제가 되면 역시 호위는 자기가 직접 고용하고 싶은 게 당연했다.

"……문제는 없네. 그런데 경호 임무에 충실하기만 하다면 우리도 요리를 먹어도 돼? 물론 그쪽 요리를 같이 먹겠다는 게 아니라 우리가 알아서 요리해 먹을 거야. 식자재며 조리도구 같은 것도 전부 알아서 준비할 거고. 설마 호위 헌터들을 주위에 쭉 세

워놓고, 무장한 채 계속 서 있으라는 이야긴 아니겠지?"

"물론입니다. 만에 하나 마물이나 도적이 나타났을 때 대처만 잘해주시면 그걸로 충분합니다. 뭐, 그럴 일은 거의 없겠지만요……."

하긴 제도를 에워싼 성채 바깥이라면 전혀 위험하지 않은 것도 아니다. 하지만 이렇게 제도 바로 근처에 도적이나 마물이 그리 잘 출몰할 리도 없었다. 헌터를 고용하는 것은 어디까지나 보험 차원이었다.

그리고 호위가 아예 없으면, 도적까지는 아니더라도 네다섯 명 정도 되는 불량배들이 시비 걸어올 가능성이 있다. 그럴 때 호위가 몇 명 있으면 그런 녀석들을 미리 막을 수 있으니까. ……뭐, '방충제' 대신이다.

레나가 한 질문에 대한 답을 듣자, 마일 일행은 씨익 웃었다.

그렇다, 일과 레크리에이션을 겸하는 일거양득이다.

""""이 의뢰, 받겠습니다!""""

그것 의외의 대답은 있을 리가 없었다.

*　*

그리고 다음 날 점심 전.

보렐 상회 앞에서 의뢰주 일가와 만난 '붉은 맹세'는 교류회 현장인 강가로 향했다.

상회 측은 상회주 부부, 미성년자인 아들 둘과 딸 셋. 그리고 하인 몇 명이 따라왔다.

아무리 상인 가족의 교류회라지만 양가 가족과 호위만 가는 것은 당연히 아니었다. 행세깨나 하는 상가 상회주 일가가 직접 식자재와 조리도구를 짊어지고 현장에서 손수 요리할 리가 없다. 그래서 하인과 메이드, 그리고 그들에게 지시를 내리는 지배인까지 같이 왔다.

다른 상가 일가와의 교류회인 만큼 어설픈 행동은 용납할 수 없었는지, 하인들의 절반 가까이는 베테랑들로만 구성된 것 같았다.

마차 세 대를 나눠 타고 정문이 아니라 후문을 통해 제도를 에워싼 성채를 나와, 근처에 있는 강변에 도착했다. 상대측은 이미 도착해 있었는데, 마찬가지로 세 대의 마차에서 짐을 내리고 있었다.

"기다리게 해서 죄송합니다, 가레이다르 씨!"

"아이고, 아닙니다, 저희도 이제 막 도착했거든요. 그리고 아직 약속한 시각이 되지도 않았으니까요."

마차에서 내린 베브데르 씨가 말을 걸자 그렇게 대답하는 상대측 상인 가레이다르 씨.

상대 역시 처자식과 호위 헌터, 그리고 하인들을 대동했다.

상대의 호위 헌터도 약속한 대로 다들 여성이었고, 다섯 명 파티처럼 보였다. 연령대는 '붉은 맹세'보다 위였는데, 20대 후반에서 30대 초반 정도일까…….

다만 호위 의뢰는 보통 C등급 이상 지정이고, '붉은 맹세'보다 어린 C등급 파티는 그리 많지 않을 것이므로 이는 당연한 일이었다.

상인의 가족끼리 인사를 나누자, 상대 호위 헌터들이 '붉은 맹세'에게 다가왔다.

"너희가 그쪽 상인의 호위구나. 어리고 못 보던 얼굴인데, 혹시 수행 여행 중인 헌터들? 오늘 잘 부탁해. 합동 수주를 하는 동료는 아니지만 뭐, 잘해보자!"

"네, 네에, 잘 부탁드립니다!"

파티 리더로 보이는 여성이 그렇게 인사하자 허둥지둥 대답하는 메비스와 그에 맞추어 고개를 숙이는 세 사람. 헌터 그리고 여성 파티 선배에게 당연히 차려야 할 예의였다.

하지만 합동 수주인 것은 아니므로 서로의 전투 스타일을 알려줄 필요는 없었다.

……그리고 파티명은커녕 자기 이름조차 밝히지 않고 얼른 물러가는 리더 여성. 메비스가 자신들의 이름과 파티명을 밝힐 틈도 없었다. 아마 그럴 필요는 없다고 판단한 것이리라.

뭐, 메비스도 굳이 설명할 필요는 없다고 판단해서 수행 여행 중이냐는 상대측의 오해를 정정하지 않고 그대로 넘겼지만.

양가 하인들이 야외용 테이블과 의자를 준비하고 미리 만들어 온 요리를 올리기 시작했다.

아무래도 먼저 식사부터 한 다음 아이들을 주위에서 놀게 하고 어른들은 요리를 안주 삼아 술잔을 기울이며 환담할 예정인 듯했다.

물론 아이들을 시야에 두기 위해 아이들 감시를 맡은 하인도 있겠지.

'붉은 맹세' 멤버들은 아무것도 하지 않고 그저 주위 지형과 상황을 확인했다. 전투가 벌어졌을 경우 이런 사전 확인이 승패를 좌우한다.

식사 준비를 하기에는 아직 조금 일렀다.

'붉은 맹세'의 식사 준비는 금방 끝난다. 아무리 그래도 고용주보다 먼저 먹을 수는 없으니까…….

*　*

""""""오잉……."""""""

줄지어 짠, 하고 아이템 박스(수납)에서 나온 테이블과 의자, 조리대, 아궁이 세 개에 철망, 커다란 냄비. 그리고 이어서 속속 등장하는 고기와 채소, 조미료, 소스, 물통까지.

세 개의 아궁이에는 처음부터 장작이 들어가 있어서, 레나의 불마법으로 단숨에 불이 타올랐다.

그중 하나에 큰 냄비를 올리고 물마법으로 3분의 2가량 물을 부었다.

거기에다가 파이어 볼을 푹 담가 단숨에 물을 끓이는 레나.

보글보글!

그러는 동안 마을 특제 칼로 고기를 써는 메비스. 오크고기, 사슴고기, 기타 여러 가지가 있었다.

채소는 미리 씻어서 썬 다음 수납에 넣어 두었었다. 다른 것들도 마일이 만든 소시지라든지 조림과 샐러드, 기타 다양한 요리와 식자재가 나열되었다.

"수, 수납마법……."

역시 상인들은 그게 제일 신경 쓰이는 듯했다.

"그것도 상당한 용량이잖아……."

물통만 해도 수십 킬로그램. 거기에 식자재와 조미료뿐만이 아니라 테이블이며 의자, 아궁이 3개, 장작 등까지 더해지면 100kg 정도에서 그칠 중량이 아니었다.

""""""""""…………."""""""""""

상인 가족과 하인, 또 상대 쪽에 고용된 헌터들은 '물어보고 싶어!', '꼬치꼬치 캐묻고 싶어!' 하고 생각해도 헌터의 금기를 모를 리가 없어 아무것도 할 수 없었다.

고용주들의 식사 준비가 끝나고 모두 자리에 앉고 나서야 자신들의 식사 준비에 들어간 '붉은 맹세'는 아주 짧은 시간에 끝내고 밥을 먹기 시작했다.

물론 마일이 색적마법을 발동해서 의뢰주들의 안전은 확보해 두었다.

너무 편리한 마법 때문에 '붉은 맹세'가 타락하지 않도록, 하고 생각은 해도 의뢰주들의 안전과는 바꿀 수 없기에 다른 세 사람에게는 알리지 않고 마일이 몰래 발동한 것일 뿐이었지만…….

"있지, 있지, 그거 어디서 나온 거야?"

"좋은 냄새……."

"나도 그거 먹고 싶어!"

어른들이 자제했다고 해도 아이들과는 상관없는 이야기다. 양가 아이들이 하나둘 자리에서 일어나 '붉은 맹세'의 주위에 모였다.

그리고 말릴 새도 없이 하나둘 질문을 던지는 아이들을 보며 순간 표정이 굳어 자리에서 일어나려던 부모들은 아이들이 아직 어리기도 하고 상대도 절반이 미성년자인 소녀들이니 고작 이 정도 일로 화내는 건 옳지 못하다고 판단하고 다시 자리에 앉았다.

그리고 물론 그 생각은 옳았다.

"으음, 이건 『수납마법』이라는 건데 말이지, 짐을 아주 많이 옮길 수 있는 마법이야. 자!"

마일은 그렇게 말하며 수납에서 인형을 꺼내 소녀에게 건넸다.

"너, 그런 걸 왜 가지고 다녀?"

도끼눈으로 마일에게 묻는 레나.

"네? 언제든 새끼고양이나 어린아이를 만나도 괜찮도록 건어물이랑 인형을 늘 갖춰두는 것은 신사의 소양이잖아요?"

"무서워라! 그리고 누가 『신사』야?!"

((…….))

그리고 모든 것을 단념한 눈으로 두 사람을 바라보는 메비스와 폴린이었다…….

"굉장해! 언니, 그거 얼마나 들어가?"

어린 소녀가 묻자 우쭐해진 마일.

"글쎄에, 모두의 집 100채 정도는 들어가려나아……."

지나친 허풍에 지금껏 동요하던 것도 잊고 무심코 미소지어버린 상인들.

"대단해애~! 그럼 그거 말고도 뭐가 많이 들어 있는 거야? 보고 싶어! 보여줘!"

"에엥, 그래? 그 정도로 대단한가? 보고 싶어?"

""""""""응!""""""""

"어쩔 수가 없네, 에헤헤……."

아이들의 그 말에 가만히 있을 마일이 아니었다. 레나와 폴린이 말릴 새도 없이…….

"자, 간다……. 하앗!"

펑, 펑, 퍼엉!!

허공에서 나타난 대형 텐트, 욕실, 그리고 바위로 된 화장실.

""""""""우와~, 굉장하다아아~!""""""""

""""""""저게 뭐야아아아아~~!""""""""

함성을 내지르는 아이들과 결국 참지 못하고 소리치는 어른들.

그리하여 아이들은 텐트와 욕실, 바위로 된 화장실 등에 들어갔다 나왔다 하면서 놀고, 마일을 말리지 못한 레나 일행은 어깨를 털썩 떨구었다.

"있지, 나 그거 먹고 싶어……."

그리고 철망 위에 구워지는 고기와 채소, 소시지를 손가락으로 가리키는 아이.

"얼마든지!!!"

왠지 선술집 느낌이 나는 대답을 하며 구운 고기와 채소를 서둘러 접시에 담고 소스를 뿌려 아이에게 건네는 마일.

그렇다, 마일이 아이의 부탁을 거절할 리가 없었다.

"맛있어! 이거, 진짜 맛있어!"

그리고 그 모습을 본 다른 아이들이 일제히 마일에게 몰려들었다.

"나도!"

"나도!"

"나도옷!"

마일, 행복의 절정에 있었다.

"이것도 먹어도 될까?"

처음에 먹었던 아이가 바비큐가 아니라 테이블 위에 놓인 요리 쪽을 손가락으로 가리켰다. 마일이 미리 만들어 온, 아이템 박스에서 꺼낸 요리와 디저트류였다.

"먹어요, 먹어요, 과자 먹어요!" (80년대에 유행했던 노래 제목 '스시 먹어요!(すし食いねぇ!)'의 패러디)

어디선가 들어본 듯한 마일의 한마디에, 요리와 디저트를 먹기 시작하는 아이들.

허겁지겁 먹어치우는 아이를 보며 어머니가 멍하니 중얼거렸다.

"입이 짧고 채소를 싫어하는 우리 세르네트가 고기랑 채소마저, 저렇게 맛있게……."

한편 상대측 호위 헌터들은 완전히 굳어 있었다.

그녀들은 고작 몇 시간의 호위 임무 중에 식사할 계획 따위 없었던 데다가 배에 음식물이 찬 상태로 싸우면 행동이 둔해지거나 배를 찔렸을 때 치명상으로 이어질 위험이 있으므로 임무 직전에는 아무것도 먹지를 않았다. 그래서 너무나 맛있어 보이고 군침 도는 냄새를 풍기는 요리에……가 아니라 그 어마어마한 수납마법의 용량에 굳어버렸다.

그리고 물론 상회주와 하인들도…….

상식에서 벗어난 수납마법.

그동안 꽤 맛 좋은 음식을 먹여 키운 아이들이, 요리사들이 한 요리를 아예 무시하고, 헌터 소녀들이 만든 요리를 게걸스럽게 먹어치우고 있었다.

상인 부부의 친목은 완전히 중단되어 버렸고 침묵이 지배하고 있었지만, 아이들은 잔뜩 신나서 품위 없이 볼이 미어터지게 음식을 넣은 채 요리에 대해 떠들어댔다.

……과연 이 교류회는 성공했다고 말해야 할까, 실패했다고 말해야 할까…….

흠칫

아이들이 둘러싸고 매달리고 말을 걸어 행복해하던 마일의 표정이 갑자기 굳었다.

아직 미소 짓고 있긴 했지만, 눈은 웃지 않았다.

그리고 요리와 의자, 테이블, 텐트, 욕실, 화장실 등을 전부 수납한 후 깜짝 놀란 아이들에게 지시를 내렸다.

"잠시만 부모님이 있는 곳으로 돌아가 주세요."

아직 어린아이들이지만 바보는 아니다.

평소 다정하던 부모님이 일 이야기를 할 때면 표정이 갑자기 진지해지면서 절대 타협하지 않는 모습을 옆에서 보고 자라온 것이다. 그래서 마일의 갑작스러운 태도 변화와 진지한 눈빛을 보고 대부분 알아차렸다.

""""아, 상황이 안 좋은가 봐…….""""

그렇다, 마일의 태도는 가족끼리 단란하게 있는데 갑자기 하인이 긴급사태를 알리러 왔을 때 아버지의 태도와 흡사했다.

그래서 아이들은 고개를 끄덕이고는, 아직 상황 파악이 안 되는 동생들의 손을 잡아끌고 서둘러 부모님의 곁으로 돌아갔다.

"전투 준비를 부탁드립니다!"

상대측 헌터 파티에게 마일이 그렇게 외쳤다.

생각해보면 아직 그녀들의 이름은커녕 파티명 조차 듣지 못했다.

합동 수주였다면 자기소개라든지 서로에게 특기를 알려주거나 전투 시 지휘에 관한 연계 등을 했을 테지만, 이번에는 그게 아니라 '각자의 고용주에 고용된 파티가 어쩌다 같은 장소에 있을 뿐'

이어서 그런 과정을 거치지 않았다.

'붉은 맹세'는 상대가 요구한다면 그런 정보를 나누는 데에 인색하지 않았지만, 상대측은 그럴 생각이 없어 보였기에 그냥 두었다.

아마 상대로서는 신출내기와 그런 조정을 할 의미가 없다고 생각했거나, 아니면 이런 제도 가까이에서 위협을 느낄 정도의 마물 혹은 도적이 나타날 리 없고 기껏해야 뿔토끼나 불량배 몇 명이 접근할 때에 대비한 방충제 정도의 일이라고 여기고 크게 신경 쓰지 않았거나 둘 중 하나겠지.

'붉은 맹세'가 어린데 벌써 C등급이라는 점도, 조금 전 마일의 비상식적인 수납마법을 본 지금은 그 수납마법 때문에 C등급이 된 것이라는, 다시 말해 전투 쪽이 아니라 편리함 때문에 높은 평가를 얻은 파티라고 생각하고 있을 게 뻔했다.

그렇다, 상인과 높은 등급의 파티, 그리고 군대에 마차 몇 대가 들어가는 수납 용량을 가진 소녀는 얼마만큼의 가치가 있을까? 자신들이 반드시 보호해주겠다면서 고용하고 싶어 하는 자, 자기 사람으로 만들고 싶어 하는 자들이 얼마나 있을지…….

그러한 것들을 생각하면 전투력과는 상관없이 B등급, 아니 A등급을 줘도 이상하지 않다. 희소성 그리고 유용성이라는 면에서 볼 때 그 정도의 가치가 충분한 소녀들이리라.

상대측 헌터들은 그렇게 생각했으므로 '붉은 맹세'를 전투력 면에서는 별로일 것이리라 판단했는데, 왠지 확신이 있어 보이는 마일의 태도도 그렇고, 수납마법을 태연히 구사하는 소녀의 지시에 일단 따르는 편이 좋을 것 같아 아무 반론도 제기하지 않고 적절한 위치에 서서 각자의 무기를 들었다.

그렇다, 이럴 때 느낌이 오지 않는 헌터는 오래 못 살 것이다.

"여러분은 강을 뒤로하고 밀집하세요."

상인들에게 그렇게 말한 후 마일 일행 역시 전투태세에 들어갔다.

그리고 잠시 후, 스무 명 안팎의 남자들이 등장했다.

제도의 길거리를 활보할 수 있는 복장이라고는 도저히 생각할 수 없을 만큼 낡고 불결한 옷과 외모.

비열한 표정.

손에 든 싸구려 검과 창, 궁.

……그렇다, 이보다 더할 수는 없을 정도로 전형적인, THE 도적이었다.

산악지대의 길 등지에서 흔히 볼 수 있는, 아무 다른 점도 없는 도적.

하지만 이런 제도 근처에서 짐을 운반하는 상단도 아닌데 습격하려고 한다는 건 너무나 수상한 일이리라.

목적은 유괴 정도로밖에 짐작할 수가 없다.

하지만 '붉은 맹세'의 입장에서 도적들의 생각과 목적 따위는 아무런 상관도 없었다.

자신들은 의뢰 임무를 해낸다.

단지, 그것뿐이었다…….

"물러나시오! 그리고 우리 근처에서, 우리만 보호하시오!"

""""""""""오잉……."""""""""""

고용주인 상인이 갑자기 그렇게 지시하자 깜짝 놀라는 헌터 파티와 '붉은 맹세'를 고용한 측 상인, 보렐 상회 사람들. 물론 소리 내진 않았지만 '붉은 맹세' 역시 놀란 표정을 감추지 않았다.

"무, 무슨 말을……."

보렐 상회의 상회주 베브데르 씨가 그렇게 중얼거렸는데, 어느새 디라볼트 상회 측 사람들은 상회주 가레이다르 씨의 지시로 보렐 상회 사람들한테서 조금 떨어진 장소로 이동해 모였다.

"여러분은 우리를 지키기 위해 제가 고용했습니다. 그 의뢰 내용은 『나와 우리 가족 그리고 디라볼트 상회 사람을 지키는 것』이지, 그걸 소홀히 하면서 아무 상관도 없는 다른 사람을 지키는 일이 아닙니다. 그러니 만약 다른 사람을 지키려고 우리 사람들에게서 멀어진다면, 적을 앞에 둔 악질 계약 불이행으로 여기고 길드에 제소할 것입니다!"

""""""""""무슨……."""""""""

말도 안 된다.

디라볼트 상회에 고용된 파티는 아연실색했다.

이럴 때는 당연히 모든 전력을 총동원하여 적과 맞서야 한다. 그런데 굳이 전력을 분산시켜서 뭘 어쩌겠다는 것일까. 보기 좋게 각개격파의 희생양이 될 것이다.

……하지만 가레이다르 씨의 말이 완전히 황당무계한 주장이라고도 할 수 없는 게 문제였다.

이것이 합동으로 받은 호위 의뢰라면 지휘관을 맡은 헌터의 판단이 우선시된다. 또 의뢰 호위 대상을 지키기 위해서라면, 전투에 문외한인 의뢰주보다 헌터의 판단이 우선시된다.

하지만 '고용주이자 의뢰 대상인 자신들을 우선해서 지켜라. 의뢰 대상 외의 사람들을 지키기 위해 자신들에게서 떨어지는 것은 계약 위반이다'라는 주장은 별로 문제 될 게 없었다.

이게 합동 수주이고 호위 대상이 이 자리에 있는 자들 전원이었다면 그런 말도 안 되는 주장은 무시할 수 있다. 하지만 어디까지나 의뢰주는 디라볼트 상회의 상회주 가레이다르 씨이고, 그 의뢰 내용은 '디라볼트 상회 관계자의 경호'인 것이다.

파티 리더는 고민했다.

자신들이야 뭐, 괜찮다.

여성들로만 이루어진 파티이긴 하지만 C등급에서는 상위권에 들고, 조만간 B등급으로 올라갈 것이란 평가를 받는 파티로 인원은 총 다섯 명. 자신들 쪽에 다소 부상자가 나오더라도 의뢰주들은 지킬 수 있을 테고, 몇 명 정도 죽고 중상자가 대거 나와 도적들이 달아날 때까지는 싸울 수 있다.

도적들도 동료를 많이 잃는 것은 바라지 않을 테니, 전멸 또는 무승부를 각오로 계속 싸우려 들지는 않을 것이다.

……아니, 애당초 이런 곳에서, 값나가는 물건이 있는 것도 아닌데 호위가 붙어 있는 사람들을 습격하는 것 자체가 좀 이상하지만…….

여하튼 자신들은 둘째 치고, 문제는 또 다른 상회 쪽 사람들과 그 호위 파티였다.

낯선 얼굴에 너무 어린 나이대.

동료의 수납마법이라는 특기 덕분에 막 C등급이 된, 마음이 들뜬 어린애들이 아직 실력도 갖추지 않았는데 수행 여행을 떠나 여비 마련을 위해 위험도 낮은 호위 의뢰를 받았다.

그 정도 실력에, 파티 멤버도 고작 네 명.

아무리 상대가 별 볼 일 없는 도적이라도, 이런 인원수 차이로는 어쩔 도리가 없으리라.

하지만 받은 의뢰와 의뢰주의 '의뢰 내용을 준수하라'는 명령을 무시하면 입장이 곤란해질 것이다. B등급 승격이 밀리는 선에서 끝나면 다행이고, 적을 앞에 두고 의뢰주를 보호할 의무를 져버렸다고 나오게 되면 그 정도로 끝나지 않을지도 모른다.

길드가 상황에 정상 참작할 여지가 있다고 판단해줄지 어떨지는 알 수 없는 일이고, 상업 길드를 배려한답시고 엄격한 판단을 내릴 가능성도 있다. 모르는 타인 때문에 자신들의 미래를 헛되이 할 필요가 있을까…….

그리고 상대 파티가 살 방법은 있다.

그렇다, 자신들도 살고 싶으면 이쪽에 합류하면 된다. 자기 의뢰주를 버리고…….

혹은 항복하는 것?

그건 헌터로서는 수치스러운 행위이지만, 압도적으로 우세한 적을 맞닥뜨렸을 때는 호위 리더의 판단에 따라 항복할 권리가 인정된다. 아무리 호위로 고용되었다고 하더라도 압도적으로 다수인 도적을 상대로 몇 명이 죽을 때까지 싸우는, 누가 봐도 무모한 행위를 강요하진 않는다.

상대 상인들도 딱히 목숨을 위협받는 것은 아니다. 값비싼 물건을 빼앗기고 여자들이 끌려가는 것 정도겠지. 게다가 제도와 이렇게 가까우면 경비병이 바로 출동할 테니, 걸어서 이동하는 도적들은 여자들을 끌고 가더라도 곧 붙잡힐 것이다.

그러니 아마도 금품만 뺏고 바로 달아날 터. 자신들이 지켜보고 있으니, 입막음 차원에서 상대 상인들을 죽여 봐야 아무런 의미가 없다.

파티 리더로서, 자기만이 아니라 파티 멤버 전원을 생각해야 한다. 그렇게 생각하니 자신이 정말로 고르고 싶은 선택지를 고르지 못해 괴로운 리더였는데, 여러 가지를 고려한 끝에 결국 결단을 내렸다.

"의뢰 내용을……, 의뢰주를 지키는 걸 우선한다! 다들, 디라볼트 상회 사람들 앞으로!"

""""""헉……."""""

순간 파티 멤버들은 설마 하는 표정으로 눈을 커다랗게 떴지만, 이럴 때 리더의 명령은 절대적이었다. 이런 상황에서 옥신각

신했다간 목숨이 몇 개라도 모자랄 것이다.

그래서 다들 바로 지시에 따라 이동했다.

'미안해…….'

이런 상황에, 합동 수주가 아니라 별개의 의뢰주에 고용된, 의뢰 호위 대상이 다른 파티.

전술적으로는 누가 봐도 우책이지만, 의뢰주의 지시는 의뢰 내용대로이자 올바른 명령.

길드의 입장에서도 의뢰주의 실수라거나 불합리한 지시라고는 말하기 어려운, 미묘한 명령.

그리고 자신들의 미래와 아무런 의리도 없는 낯선 외지의 젊은 헌터들.

아마 자신의 판단은 틀렸을 것이다.

아마 평생 후회할 것이다.

그렇지만 다른 선택지는 고를 수가 없었다.

그리고 이 부담은 자신이 짊어질 것이다. 자기 혼자서.

다른 사람들은 그저 리더의 지시에 따랐을 뿐.

그게 자신의, 리더의 역할이니까…….

""""""""……헉?""""""""

자신들이 지키는 디라볼트 상회 쪽은 완전히 무시하고 어린 파티가 지키는 보렐 상회 쪽으로 향하는 도적들을 보며 의문을 느끼는 베테랑 파티 멤버들.

이쪽을 무시하고 상대 집단에게로 향한다.

……거기까지는 좋다. 적이 둘로 분산되어 있으면, 약한 쪽에 전력을 집중해 먼저 쓰러트리는 것은 싸움의 정석이니까. 하지만 보통 이런 경우에는 '금품을 넘겨'라든가, '딸은 우리가 맡지' 하고 협박하거나 요구하기 마련 아닌가.

그런데 왜 아무런 말도 없이 무기를 앞세우며 가는 것인가.

마치 학살이 목적인 것처럼…….

그런 짓을 한다고 해서 돈이 되지 않는다. 그런데 어째서…….

베테랑 파티 멤버들의 얼굴이 하얗게 질렸을 때, 대수롭지 않다는 듯 태평한 목소리가 들려왔다.

"자, 그럼 시작하자~."

""""하앗~!""""

"염탄"

"불꽃 론도(윤무)!"

"화염 방사!"

퍼~엉!

부와앗!

고오오옷~!

""""""""으아아아아아악~~!""""""""

강가 바위터여서 불마법을 쓰는 데에는 아무런 문제가 없었다. 그래서 불마법이 장기인 레나뿐만이 아니라 폴린과 마일도 불마법을 선택한 원거리 선제공격.

그것들이 일제히 착탄 했을 때는 이미 메비스가 적과의 거리를 절반 이상 좁힌 상태였다. 그리고 달려가면서…….

"윈드 엣지!"

모처럼 온 기회인데 멋 나는 기술을 아낄 메비스가 아니었다.

그리고 윈드 엣지를 쏘기 위해 속도를 조금 늦춘 메비스의 뒤를 마일이 검을 뽑으며 뒤쫓았다.

"거짓말……. 전위 검사까지 포함해서 네 명 전원이 공격 마법을 구사하다니……."

베테랑 파티 멤버들이 놀라서 탄성을 내질렀는데, 이미 메비스와 마일은 도적들 속에서 춤을 추고 있었다.

"신속검!"

"신경검!"

퍼억

타악!

쿠웅!

휘익!

그리고 착탄 하는 레나와 폴린의 단체 공격 마법.

……그리고 20초 후.

강변에는 스무 명 안팎의 도적들이 땅을 구르고 있었다. 그 절반 가까이는 검게 그을린 상태로…….

"이게 무슨……. 아무리 상대가 병사나 헌터가 아닌 단순 도적이라지만, 저렇게 인원 차이가 크게 나는데 하나도 다치지 않고……. 그것도 상대를 절묘하게 초주검만 만들었을 뿐 사망자는커녕 팔이나 다리 하나 자르지 않다니……. 얼마나 여유가 있고 실력 차이가 난다는 얘기냐고!"

상대 호위 리더가 아연실색하며 그렇게 중얼거렸다…….

*　*

"대어를 낚았어요! 이번 의뢰비뿐 아니라 도적 토벌 포상금, 상업 길드의 사례금, 그리고 이렇게나 많은 범죄 노예를 판 이익의 할당금! 신나요, 신나!"

폴린이 뛸 듯이 기뻐하며 재잘거렸고, 메비스는 여자들을 포함한 민간인을 든든히 보호, 특히 아이들에게 멋진 모습을 보여줄 수 있어서 기쁜 얼굴이었다. 마일은 재빨리 테이블과 요리를 꺼내 다시 나열하기 시작했고, 레나는 도적들을 겁박하고 있었다.

"상단을 습격한 것도 아니고 단순히 가족 동반으로 놀러 온, 그것도 호위까지 있는 집단을 공격해? 그나마도 금품을 요구하거나 여자들을 납치하려 했다면 모를까, 처음부터 죽이려고 했으니……. 일단 두목이랑 그 부하들은 사정 청취(고문) 후 교수형. 나머지 놈들은 제1급 범죄 노예로 광산에서 종신 노동이나 치유 마법의 인체 실험 요원행이겠네."

땅에 쓰러져 있던 도적 중 의식이 붙어 있던 자들이 비명을 질렸다.

"아, 아아아, 아니야! 우리는, 도적이 아니라고!"

"……원래 도적들은 다 그렇게 말하더라고요."

테이블에 요리 세팅을 마치고 아이들이 모여드는 것을 곁눈질하면서 마일이 차가운 목소리로 정곡을 찔렀다.

"아, 아니, 거짓말이 아니야! 조사하면 바로 나올 거야, 우린 그냥, ……뭐, 『양아치』라든가 『시정잡배』 등으로 불리는, 지극히 평범한, 일반인이라고!"

""""""양아치랑 시정잡배가 평범한 일반인이냐!!!""""""

호흡이 딱 맞은 마일 일행의 지적.

상인들도 고개를 마구 끄덕였다. ……일부를 제외하고.

"자, 그럼 경비대에 연락할까. 당신들이 도적인지 아닌지는 그들이 확인해줄 테니까. ……다만, 그건 당신들이 『지금까지 도적이었는지 아닌지』를 알 수 있을 뿐이고, 조사 결과가 어떻게 나오든지 간에 『지금은 이미 누가 봐도 도적』이라는 사실은 달라지지 않지만 말이야."

메비스의 말에 경악하는 도적들.

당연하다. 지금, 자신들이 범한 범죄행위를 뭐라고 생각하는가.

"아, 아니야! 우린, 단지 의뢰를 받았을 뿐인데……."

"오오, 의뢰를 받아서 행락객을 덮쳤다? 아주 훌륭한 도적이자 살인 미수범이네요?"

"의뢰자가 있다는 증언을 받아냈네요. 그 사람들의 이름이랑 의뢰 내용을 토해낼 때까지 취조(고문)는 절대 끝나지 않을 거예요. 배후를 알아내기 위해 가족과 친구까지도 모두 취조 대상으로 삼겠군요……."

그렇게 말하며 깐족대는 폴린과 마일.

"뭐라고?! 가족은 상관없잖아! 여동생은, 여동생은 이제 막 시집을 갔는데……."

"그건 내 알 바 아니지……. 그쪽이 벌인 짓이잖아? 뭐, 가족이랑 친구 지인에게 민폐 끼치고 싶지 않으면 배후를 빨리 실토해서 가족이랑 친구는 관계없다는 걸 증명하는 수밖에 없지 않을까? 흑막의 정체라든지, 구체적으로 무슨 일을 의뢰받았는지 같은 거."

그리고 레나의 말에 도적들은 필사적으로 떠들어댔다.

"우리는 암흑가 전문 중개소를 통해서 이렇게 모였을 뿐이야. 그러니까 의뢰주 같은 건 모른다고. 그냥 누더기로 갈아입어서 도적 같은 복장을 하고 여기서 두 가족 중에 지시받은 쪽을 공격하라는 말을 들은 게 다라고……."

"뭐?"

""""뭐어어?""""

""""""""뭐어어어어어?""""""""

상인들 사이에서 의문과 경악의 목소리가 튀어나왔다.

둘 중에 어느 쪽이 '지시받은 쪽'인지는 굳이 생각할 것까지도 없었다.

그리고 두 가족 중 한쪽만 공격하고 다른 한쪽은 공격하지 말라는 지시를 받았다는 것은.

“““““““““…………. ”””””””””

모두의 시선이 마일 일행을 고용한 상인과 다른 쪽, 디라볼트 상회 상회주인 가레이다르 씨에게 집중되었다. 본인의 아내와 자녀들의 시선까지 포함해서.

“……우, 우와…….”

이때 어리둥절한, 영문을 모르겠다는 표정을 지었다면 그나마 변명할 기회가 있었을지도 모른다. 하지만 새파랗게 질린 얼굴로 횡설수설하는 모습이어서야 무리다. 완전히 아웃이었다.

보렐 상회 사람들의 시선이 전부면 또 모르겠지만, 자기 처자식과 하인들이 보내는 혐오와 경멸로 가득한 시선은 도저히 견디기 힘든 듯했다.

하지만 그쪽은 무시하고 레나가 도적들에게 재차 물었다.

“그래서 구체적으로, 습격해서 뭘 어떻게 하라고 했지?”

이제 피할 곳은 없다. 그러니 조금이라도 죄가 가벼워져, 적어도 사형과 종신 광산 노예만은 면하려고 순순히 털어놓기 시작한 도적.

“상인 가족은 제일 어린 여자애만 빼고 전부 죽일 것. 하인은 늙은 남자는 죽이고 여자랑 젊은 남자들에게는 손대지 않을 것. 호위 여성 헌터들은 저항하는 사람만 배제하고 최대한 위해를 가하지 않을 것…….”

“““““““““…………. ”””””””””

너무나 알기 쉬웠다.

도적의 습격을 받아 가족을 잃고 홀로 남겨진 어린 소녀.

그곳에 함께 있던, 가족 단위의 친구이자 동업자였던 상인 일가.

소녀에게 남겨진 것은, 주인과 연륜 있는 베테랑 하인을 한꺼번에 잃어버린 상회.

그리고 상인에게는 소녀와 같은 또래인 아들이 몇 명 있다.

습격과 관련해서는 우연히 호위로 고용되었을 뿐인 헌터들이 증언해줄 것이다.

“““““““““…………..”””””””””

정적.

한쪽 그룹은 새빨간 얼굴을 하고.

다른 한쪽 그룹은 새파란 얼굴을 하고.

그리고 세 번째 그룹은 땅에 쓰러져 있었는데 그중 몇 명은 신음을 내고 있었다.

그곳에 퍼진 마일의 말.

“그럼 교류회를 재개할까요!”

“““““““““왜 그렇게 이어지는 건데에에에~~!”””””””””

……지극히 당연한 반응이었다.

마일 일행의 고용주가 하인 중 하나를 제도의 경비대에게 보냈다. 그리고 다른 하인들은 도적들을 포박하고, 레나와 메비스는 감시하고, 폴린은 중상자에게 죽지 않을 정도로만 치유마법을 걸어주며 돌아다녔다.

마일은 바비큐로 고기와 채소를 구우면서, 아이들이 다 먹어

빈 접시를 수납에 넣고 새 요리를 보충했다.

요리를 먹고 있는 사람은 마일 일행을 고용한 상인의 자녀들과 상대 쪽 자녀들 모두였다.

나이가 어린 아이들은 무슨 상황인지 이해하지 못한 모양이었지만, 과연 나이가 좀 있는 아이들은 상황을 이해했기에 모두 표정이 어두웠다. 그리고 아마도 이번이 마지막이 될 친구들과 즐거운 한때를 아쉬워하며 동생들을 돌보았다. 경비대가 올 때까지 얼마 남지 않은 시간 동안…….

아무래도 처자식과 하인들은 이번 일과 관련되지 않은 것 같아서, 상회의 존속은 둘째 치더라도 처자식의 신변에 문제가 생길 일은 없을 듯했다. 운이 좋으면 자식이 상회를 이을 것이고, 최악의 경우라도 아내가 아이를 데리고 친정으로 돌아가는 선에서 그치지 않을까.

그리고 상대측이 고용한 헌터들은 고용주들을 등지고 보호하던 자세에서 180도 몸을 획 돌려, 고용주가 달아나지 않게 감시하는 자세로 바꾸었다.

아무리 고용주라지만 범죄행위에 쓰려고 고용했다면 그 계약은 무효다.

단, 보수와 위약금은 한 푼도 빼놓지 않고 받을 것이지만…….

마일 일행이 문득 알아차렸을 때 고용주인 보렐 상회의 베브데르 씨가 상대측, 디라볼트 상회의 가레이다르 씨를 향해 걸어가고 있었다. 그래서 마일은 나이 많은 아이에게 바비큐를 잠시 맡기고 그쪽으로 움직였다. 레나 일행 역시 도적 감시는 보렐 상회 하인들에게 넘기고 뒤따랐다.

"……몰라! 난 도적들과 아무 상관이 없어!"

얼굴이 창백해진 채 그렇게 소리치는 가레이다르 씨였지만, 베브데르 씨는 고개를 가로저었다.

"취조하는 사람은 내가 아니오. 그러니 나는 아무것도 묻지 않을 거고, 나에게 뭐라고 말해봐야 아무 소용도 없소. 결백 주장은 경비대가 취조할 때 하시오. 나는 단지 호위 헌터들을 편 가르고 자신들만 숨으려 했던, 명백하게 악수로 보이는 지시를 내린 시점에서 이미 우리의 우정은 끝났다는 말을 전할 뿐이오. ……정말로 유감이오……."

그렇게 말한 다음 다시 가족과 하인들이 있는 곳으로 돌아가는 베브데르 씨.

"……."

가레이다르 씨는 그 자리에 주저앉았다.

"……그런데 왜 저 사람은 호위를 여성 헌터로 한정한 걸까요? 아니, 물론 아이들이랑 여자들이 무서워하지 않도록, 이라고 듣긴 했는데 뭔가, 지금 생각해보면 다른 이유가 있지 않았나 싶은……."

"그건 아마도……."

마일이 대수롭지 않게 중얼거린 의문에, 여성 파티의 리더가 대답했다.

"지금 제도에 놀고 있는 여성 파티 중에서 C등급 상위 이상인 건 우리밖에 없어서가 아니었을까? 그밖에는 C등급 하위 아니면 D등급 밑이니까. 즉, 여성 파티 한정으로 해두면 남은 사람은 C등급 하위 호위밖에 고용 못 하게 되잖아. 자칫 잘못해서 C등급 상위라든가 B등급을 고용하기라도 했다간 계획에 차질이 생길 테니까. 그런데 우연히도 이런 괴물 파티가 제도에 왔고, 심지어 놀이 삼아 이런 의뢰를 받아들였을 줄이야……. 너희, 그냥 애들한테 둘러싸여 바비큐 하고 싶어서 받아들인 거지……? B등급이니? 아니면 A등급인가? 겉으로 보이는 연령대와 달리 하프 드워프, 그쪽은 하프 엘프……, 으앗?!"

거기까지 말하고 허둥지둥 자세를 바로잡는 여성 헌터.

"미, 미안해, 엄청난 무례를 범했어!"

그렇다. 만약 상대의 정체가 지금 자신이 말한 게 맞는다면.

그리고 그 이전에, 헌터의 내력을 캐는 것은 최대 금기.

그걸, 자기보다 나이도 많고 지위도 높은 상대에게 저지르고 만 셈이다. 얼굴이 하얗게 질리는 것도 무리는 아니었다.

하지만…….

"아, 저희는 모두 인간이고, C등급이 된 지 이제 막 1년 지난 신인……이제 슬슬 신인이라는 딱지를 떼도 되지 않을까, 하고 생각하기 시작한 말단이에요."

""""""""……."""""""""

여성 파티는 아무 말 없이 마일 일행을 응시했다.

“““““““““………. ”””””””””

“““““““““…………. ”””””””””

“““““““““……거짓마아아아알!”””””””””

*　*

“……그렇게 해서 C등급이 되고 첫 수행 여행을 마친 후 휴식을 취한 다음, 이번이 처음 맡은 일에요!”

“““““““““………. ”””””””””

마일의 설명을 듣고도 계속 입을 다물고 있는 여성 파티.

믿고 싶지 않겠지.

이런 신인 C등급 파티의 존재를 인정해버리면 자신들의 상식과 자신감이 흔들린다.

인정하고 싶지 않다. 인정할 수 없어, 절대로!

“……하지만 있네, 지금, 눈앞에…….”

푹.

고개를 숙이는 여성 파티 일동.

“아, 그러고 보니 아직 우리 소개도 안 했네. 미안해, 얕잡아보듯이 굴어서………. 우린 C등급 파티, 『푸른 질풍(블루 게일)』이야. 이제 곧 B등급으로 올라갈 거야.”

“마찬가지로 C등급인 『붉은 맹세』입니다. 저희는 아까 마일이 설명한 대로 C등급이 된 지 이제 막 1년이 넘었는데요…….”

조금 전 설명 때 마일이 이미 소개했지만, 형식적으로 다시 인사하며 고개를 숙이는 메비스.

그러는 사이에 제도에서 경비대가 찾아왔다. 가문 바로 근처인 점과 포박 대상자가 많다는 점 때문에 인원이 꽤 많았다. 또 경비대뿐 아니라 헌터로 보이는 자와 전투직은 아닌 듯한 사람들의 모습도 보였다.

경비대는 우선 도적들을 포박하고, 그러는 동안 헌터로 보이는 자들과 사무 쪽에 종사하는 듯한 자들이 마일 일행에게로 다가왔다.

"부길드 마스터 오빈이다. 미안하게 됐구나, 썩은 의뢰(트랩)를 받게 해서. 의뢰 보수는 받을 수 있도록 잘 처리할 테니, 부디 화 풀고 잠시만 기다려 주길 바란다."

아무래도 고용주가 경비대뿐 아니라 길드 지부에도 연락한 모양이었다.

……하긴, '푸른 질풍(블루 게일)' 쪽은 의뢰주가 길드에 공탁한 보수금을 물론, 위약금 그리고 가능하다면 길드의 사과금 같은 것도 받아낼 수 있을지 모르니. 자기가 고용하지도 않은 헌터를 위해 거기까지 신경 쓰다니, 상당히 센스 있는 상인이었다.

마일을 비롯한 '붉은 맹세'는 딱히 의뢰주나 의뢰 내용 자체에 문제가 있는 게 아니었고, 습격자와 그 흑막이 있었다고 해도 그건 '호위 임무'의 범주에 들었으므로 별로 문제 되는 부분이 없었다.

……뭐, 그래도 길드에서 어떠한 형태로든 보상 조치를 해주겠지만. 길드가 알선한 의뢰와 관련된 흉악 범죄에 휘말린 것이므로 미흡하게 대처하여 그 전말이 여기저기에 알려진다면 헌터 길드 제도 지부의 명예가 실추될 것이다.

그리하여 포박된 도적들. 가레이다르 씨와 하인들은 포박은 하지 않았으나 달아나지 못하게 주위를 에워쌌다. 그의 아내와 자식은 가볍게 포위된 상태였다.

마일 일행의 고용주인 상인 베브데르 씨와 상급 하인…… 아마도 총지배인 정도 될 사람, 여성 파티 '푸른 질풍(블루 게일)', '붉은 맹세'는 물론 증인으로 여러 가지를 증언하기 위해 그 뒤를 따랐고, 보렐 상회의 나머지 하인들은 현장 철수 준비에 들어갔다.

멀어지는 친구들을 배웅하는 아이들의 슬픈 눈동자.

운이 좋으면 또 언젠가 각자 상인이 되어 다시 만날 날이 올지도…….

* *

"이번 일은 정말 감사합니다. 여러분을 호위로 고용하지 않았더라면 지금쯤 저희는……."

그렇게 말하며 진심으로 고마워하는 고용주.

그의 말은 전부 사실이었기에 마일 일행은 별로 겸손 떨지 않고 있는 그대로 그 감사와 칭찬의 말을 받아들였다.

일본인이라면 모르겠지만 다른 나라(이세계를 포함하여)에서는 자신의 공적을 줄여서 보고하는 것은 바보나 하는 짓이기 때문에 마일도 여기서는 이런 방식에 따랐다.

특히 헌터가 당연히 받아야 할 평가와 보수를 줄이게 되면 다른 헌터들에게 그 피해가 돌아간다. 평가도 보수도 '시세를 지키는' 일이 중요하다.

그리고 고용주는 정말 진심으로 고마워하고 있긴 했으나, 그렇다고 해서 보수를 추가로 더 준다거나 할 생각은 전혀 없어 보였다.

감사 인사말은 아무리 말해도 공짜. ……역시 수완 좋은 상인이다.

뭐, 그게 일반적이기도 하고, 의뢰 달성 증명서에 A 평가가 찍힌다면 마일 일행으로서는 별다른 불만이 없었다. 폴린도 도적을 붙잡은 포상금과 범죄 노예 대금이 들어오는 것만으로 충분한지 만족스러운 표정을 지었다.

이렇게 해서 이번 일은 종료되었다. 길드에 보고하는 것은 부길드 마스터가 경비대 본부에서의 사정 설명과 증언 때 함께 해주었으므로, 형식적인 의뢰 완료 보고를 하고 돈만 받으면 끝난다. 사과금을 얼마나 줄지는 그때의 즐거움으로 남아 있다.

"그럼 저희는 이만……."

""""의뢰, 감사했습니다!""""

메비스의 말에 이어 형식적인 정형구를 복창하는 '붉은 맹세'

일동.

그리고 보렐 상회를 빠져나가려는 '붉은 맹세'에게 상회주 베브데르 씨가 말했다.

"잠시만 기다려 주십시오!"

네 사람은 무슨 일인가 싶어 걸음을 멈추었다.

"새 의뢰를 받아주실 수 없는지요? 의뢰 내용은, 이곳으로부터 마차로 나흘 정도 걸리는 도시까지, 수납마법을 이용한 물자 운송……."

"거절합니다."

베브데르 씨의 말을 끝까지 듣지도 않고 메비스가 즉답했다.

"엑……?"

보수 금액이라든지 기타 조건을 들어보지도 않고 단칼에 거절하자, 베브데르 씨는 할 말을 잃었다.

"거절하는 이유는 두 가지입니다. 첫째, 저희에게 주어진 여유 시간은 내일까지라는 것. 그리고 둘째는 저희가 C등급 헌터이기 때문입니다. C등급 헌터는 호위 의뢰는 받지만, 물자 운송은 저희가 할 일이 아닙니다. 짐을 운반할 작업원을 고용하고 싶으시면 E등급 이하의 헌터를 고용하거나 상업 길드나 짐마차 끄는 사람을 알아보던지, 아니면 중개업소를 찾는 게 맞지 않을까요. ……그럼 이만 실례하겠습니다."

메비스가 말한 대로 E등급 이하 헌터라면 파티의 짐과 사냥감을 옮기는 짐꾼 역할이나 잡다한 일을 무엇이든 한다. 먹고살기 위해서는 일을 이것저것 고를 때가 아니다.

하지만 C등급 이상이 되었는데도 그런 일을 하는 헌터는 없다.

다소 생활이 어렵더라도 그런 일을 받으면 웃음거리가 될 것이다.

그런 낮은 등급용 일을 받는 어엿한 C등급 이상 헌터 따위는 10살 미만의 준길드원(G등급)용 일을 가로채는 짓이다. 수치심이라는 걸 아는 헌터라면 아무리 돈에 궁하더라도 절대 받지 않을 것이었다.

그래서 그런 일은 낮은 등급용 의뢰로 내거나 전투직이 아닌 쪽, 즉 짐마차 끄는 사람이나 중개업소, 상업 길드의 일 알선 창구 등에 의뢰해야 마땅했다.

만약 이게 '운송 상단의 호위' 같은 것이었다면, 그리고 그 김에 마일에게 추가로 짐이라든지 귀중품 등을 수납해달라고 하는 것이었다면 이야기는 또 다르겠지. 실제로도 마일은 지금까지 그렇게 해왔고.

하지만 의뢰 자체가 '짐 운반'인 것을 C등급 파티 '붉은 맹세'가 받을 리는 없었다. 특히 명예와 긍지를 중요시하는 메비스와 레나는.

"아……."

실수했다.

그 사실을 깨달은 베브데르 씨였지만 이미 늦었다. 이제는 호위라는 명목으로, 라고 말을 꺼내도 들어주지 않을 것이다.

그는 떠나가는 '붉은 맹세'에 다시 말을 걸었다.

"자, 잠깐만요!"

"아무리 부탁하셔도 받아들일 수 없어요. 그리고 어차피 모레 이후로는 선약이 있어서."

메비스가 그렇게 말해도 베브데르 씨는 포기할 기색이 없었다.

"아, 아니, 그 건은 포기했습니다! 그리고 다른 의뢰를 부탁드리고 싶은데……."

"다른 의뢰요?"

그렇게 말하니 일단 듣지 않을 수 없었다. 아무리 길드를 통하지 않는다고는 하나 이야기도 듣지 않고 거절하는 것은 의뢰인에게 실례이고, 헌터로서의 평판이 깎인다.

게다가 들어주기만 하는 거라면 그리 시간 낭비도 아닐 것이다. 들을 만큼 듣고 조건이 맞지 않으면 거절하면 그만인 이야기다. 원래 내일까지밖에 시간이 비어 있지 않으므로 거의 거절 확정이었다. 그래서…….

"네. 그럼 일단 이야기는 들어보죠."

메비스가 그렇게 대답하자 베브데르 씨가 마일을 향해 말했다.

"내일, 요리 제공 그리고 가능하다면 그 레시피의 제공까지 부탁드리고 싶습니다. 모처럼 마련했던 교류회가 그렇게 끝나는 바람에 아이들이 손꼽아 기다렸던 하루를 다 망쳐버렸어요. 그리고 사이가 좋았던 가레이다르 씨의 아이들과 그런 식으로 헤어지게 되어서……. 그래서 내일 다시 자리를 좀 마련하려고……. 다행히 가레이다르 씨의 부인과 자녀들은 사건과 무관한 것으로 드러나 체포되지 않았습니다. 부인이 친정에 가든, 남은 사람들끼리 상회를 다시 일으키든, 앞으로 길고도 혹독한 시간이 기다리고 있을 그들에게 마지막 즐거운 한때와 추억을……."

"……."

그렇게 말하면 거절하기 어렵다. 스케줄 면에서도, 내일 반나절 정도라면 괜찮았다. 의뢰 내용을 봐도 특수 기능을 목적으로 한 지명 의뢰라면 특별히 문제 될 게 없었다.

물론 조금 전의 운송 의뢰도 '마일의 특수 기능을 목적으로 한 지명 의뢰'이긴 하지만, 그건 아무리 봐도 'C등급 파티가, 호위 의뢰도 아니고 짐 운반 작업원으로 운송 의뢰를 받았다'는 사실만 소문이 날 것 같아서 '붉은 맹세'의 자존심이 걸린 문제였지만, 이 의뢰라면 명예가 실추될 일도 없었다.

다만 그 의뢰 내용은 헌터 파티 '붉은 맹세'에 하는 의뢰라기보다는 마일 개인에게 하는 의뢰였다. 그러니 파티 리더라고 자기가 마음대로 판단을 내려도 될지.

그렇게 생각한 메비스가 답을 망설이고 있는데…….

"받죠!"

마일이 흔쾌히 대답했다.

"아이들을 위해서라면 기꺼이 받겠어요!"

"……너, 단순히 애들이랑 놀고 싶어서 그러지?"

"일이 그렇게 되는 바람에 충분히 만끽하지 못했단 말이에요……."

"다시 자리를 만들어서 계속 이어가고 싶다는……."

마일의 꿍꿍이 따위 훤히 들여다보는 레나 삼인방.

하지만 그녀들 역시 딱히 이의는 없었다. 그래서 결국 의뢰를 받기로 했다.

"뭐, 내용을 봤을 때 공적 포인트가 많이 쌓일 것 같진 않으니까 길드를 통하지 않는『자유 의뢰』로 하면 되겠지. 대신 의뢰비는 선불로 부탁해."

원래라면 선금은 많아야 총금액의 절반 수준인데, 전액을 선불로 달라고 요구하며 강하게 나오는 레나.

하지만 상회주는 자기가 먼저 억지스러운 의뢰를 부탁하기도 했고, '붉은 맹세'를 생명의 은인으로 신뢰하고 있으므로 그 조건을 두말하지 않고 받아들였고, 그렇게 하여 계약이 성립되었다.

* *

"마일, 요리의 양은 충분해? 추가로 더 만들어둬야……."

그런 대화를 나누며 '붉은 맹세'가 보렐 상회를 나서고 있는데 여성 파티 '푸른 질풍(블루 게일)'의 리더가 밖에서 기다리고 있었다.

"음? 아직 무슨 볼일이 남았나요?"

이번 일에 관해서는 이미 헌터 측에 대한 조사가 끝났고 그 후 서로의 사소한 교류라고 할까, 정보 교환과 이런저런 잡담까지 나눈 다음 잘 헤어졌다. 그런데 지금, 그것도 파티 리더 혼자 무슨 볼일이 있는 것일까…….

"미안. 너한테 궁금한 게 하나 있어서……."

그렇게 말하며 메비스에게 말을 거는 리더.

"이번 일은 정말 고마워. 어쩌면 평생 후회할 일을 할 뻔했을지도 모르는데, 너희 덕분에 살았어. 정말 고맙게 생각해……."

감사 인사는 이미 충분히 들었다. 하지만 다른 파티 멤버 앞에서는 이 말을 하기 어려웠겠지. 어쨌든 그건 '다른 멤버의 몫까지 전부 자기가 짊어지려고 했다'라는 말이나 다름없어서, 파티의 다른 멤버들이 듣게 할 말이 아니었다.

자신보다 훨씬 어린 신참에게 고개를 숙이는 리더를, 메비스가 당황하며 말렸다.

"그리고 실은 감사 인사랑은 별개로, 너한테 묻고 싶은 게 하나 있어……. 그때 우리 고용주가 했던 지시, 만약 너라면 그때, 어떤 판단을 내렸을 것 같아? 그게 아무리 해도 궁금해서……."

그 질문에 메비스는 망설이지도 않고 바로 대답했다.

"그야 물론 저희를 고용한 사람들을 보호하겠죠. 그게 의뢰 내용이고, 계약 조건이니까요."

"……그렇구나……."

마음이 놓인 듯한, 그러면서도 아직 의문이 남은 표정인 '푸른 질풍(블루 게일)'의 리더.

"그래서 레나와 폴린이 고용주를 직접 지키게 남겨두면서 그 위치에서 고정포대로 마법 공격을 하게 하고, 저와 마일은 적에게 뛰어들 거예요. 고용주와 적을 잇는 직선상을요. ……그럼 『고용주들만 지키는』 의뢰를 지킨 거잖아요?"

"앗?"

멍한 표정을 짓는 파티 리더.

"그렇게 해서 적을 즉시 제압. 의뢰주의 털끝 하나도 건들게 하지 않아요. 이렇게 했는데도 불만스러워한다면 길드에 제소할 겁니다."

그렇게 말한 메비스가 생긋 웃었다.

생각해보면 그건 그때 실제로 '붉은 맹세'가 한 일 그 자체였다.

하지도 못할 일을 호언장담하는 것이 아니라, 실제로 할 수 있는 일을 있는 그대로 말했을 뿐. 지극히 당연하다는 얼굴로.

"……."

리더는 말문이 막힌 듯했지만, 그런 대답을 들은 것만으로는 납득하지 못했다.

"그럼 만약 적이 50명 있었다면?!"

"레나와 폴린이 고용주를 직접 지키게 남겨두면서 그 위치에서 고정포대로 마법 공격을 하게 하고, 저와 마일은 적에게 뛰어들 거예요."

"…………실례가 많았어."

얘네한테 물어봐야 전혀 참고가 안 되겠다.

그렇게 깨달은 리더는 축 처진 어깨로 돌아갔다.

"해냈다! 레나가 아니라 나한테 딱 말을 걸어주었고, 나도 리더답게 조언해줬어! 꽤 멋지지 않았어?!"

"""""…………."""""

천진난만하게 기뻐하는 메비스를 따뜻한 눈빛으로 지켜보는

레나 일행이었다…….

*　*

그리고 다음 날 점심 전.

보렐 상회의 중정에서 식사회가 열렸다.

아무래도 그런 일이 일어난 직후여서 아이들이 무서워하지 않을까 하는 걱정에, 성채 밖으로 나가는 것은 자제하고 상회의 정원을 쓰기로 했다. 경치가 그리 좋다고 할 순 없었지만, 넓이는 그럭저럭 되었기 때문에 큰 문제는 없었다.

이번 식사회에 참여하는 사람은 양가 아이들 이외에 베브데르 씨 부부, 가레이다르 씨의 아내, 그리고 '붉은 맹세'와 요리사 세 명이 전부였고, 일반 하인들은 없었다. 요리도 전부 '붉은 맹세'가 제공해서 상가 쪽 요리사가 한 요리는 없었다.

그러고 보니 어제 도로 가지고 돌아간, 별로 손대지 않은 요리를 보고 요리사들이 의기소침해했던 모양이다. 어른들이 식사하기도 전에 일이 일어나는 바람에, 라고 말하며 요리사들을 위로한 모양이지만, 아이들은 잔인한 법. 자기들이 먹은 맛있는 요리에 대해 마구 떠들어댄 듯했는데…….

그렇다, 이번에 함께하는 세 명의 요리사는 마일이 요리하는 모습을 꼼꼼히 견학하고 그 방법을 익혀두기 위해서였다.

한편 의뢰주로부터 레시피 제공을 요구받았던 마일은 평소에 딱히 요리 순서를 일일이 기록하는 편도 아니었고, 굳이 기록을 남기기도 귀찮았다. 그래서 알아서 보고 배우라는 조건으로 계약했다.

애당초 요리라는 것은 매번 그 조건이 달라진다. 특히 이 세계에서는 '강불', '약불'이라고 해도 아궁이의 크기와 성능, 장작 상태, 요리사의 주관 등에 의해 완전히 다르다. 그래서 문자나 숫자를 써서 정량으로 나타내기란 불가능하다.

게다가 마일은 '맛있는 요리법이 퍼져나가 발전하면 언젠가 그걸 자신이 먹을 수 있을지도 몰라'라고 생각했기에 레시피를 공짜로 제공하는 것에는 저항감이 없었지만, 예전에 날달걀을 쓴 요리……마요네즈라든지, 달걀 밥이라든지, 스키야키라든지……를 만들었을 때 폴린이 '특별한 수납마법으로 보존하고 조리할 때도 마법을 쓰는 마일이야 괜찮겠지만, 일반인이 마일을 그대로 따라 했다간 병자가 속출할 거야!' 하면서 레시피가 쉽게 퍼지는 것을 금지했다.

그래서 자신의 레시피가 원인이 되어 무슨 일이 일어나더라도 책임질 수 없으니 '알아서 보고 훔쳐라. 단, 자기 책임이란다?'라고 하기로 했다.

그렇게 해서 식사회가 시작되었는데, 나이 많은 아이들은 일단 맛있는 요리를 즐기고 있긴 하지만 상황을 이해하고 있는 만큼 진심으로 즐거워하는 분위기는 아니었다.

하지만 아무것도 모르는 어린아이들이 떠들어대는 모습을 보면서 어느덧 친구와의 마지막 한때를 즐거운 추억으로 남겨야겠다고 생각을 고쳐먹었는지, 점차 그 얼굴에 미소가 번지기 시작했다.

한편 자신이 만든 요리가 한 몫 거들고 있다는 사실을 아는 마일은 환한 미소까지는 아니지만 아주 살짝, 기쁜 표정을 짓고 있었다…….

"언니~, 튀김! 튀김 만들어줘!"

"나한테 맡겨! 다들~, 튀김을 만들어보자~! 아, 베브데르 씨랑 요리사 여러분, 잘 보고 만드는 방법을 익히세요!"

그렇게 레시피를 설명하며 튀김을 만드는 마일.

"신선한 바위도마뱀 고기를,"

아이템 박스에서 고기를 꺼내는 마일.

"토막 내서……."

공중에 휙 던진 고깃덩어리를 칼로 사사삭, 벤 다음 접시에 담았다.

"저희 집안 대대로 전해지는 비밀 소스를 뿌리고 마법으로 압력을 가해 고기에 잘 배게 한 다음,"

병에 든 액체를 붓고 음음음, 하고 무영창으로 마법을 걸었다.

"각국을 돌며 사 모은 향신료를 조합해서 만든, 저희 집안 대대로 전해지는 비밀 『튀김가루』를 뿌리고,"

아이템 박스에서 꺼낸 정체불명의 가루를 뿌렸다.

"그다음 실드 마법으로 감싸고 180도 열풍 마법으로 공중에서 익혀 12분 30초! 기다리는 시간은 지루하니까 여러분에게는 미리 준비해둔 것을…….”
그렇게 말하며, 아이템 박스에서 따끈따끈한 튀김이 든 접시를 꺼내는 마일.
지금 만든 것은 그 대신인지, 아이템 박스로 들어갔다.
“우와, 굉장해애~!”
“역시 언니야! 역언!”
아이들이 보란 듯이 마구 치켜세우자 마일의 표정이 흐물흐물 녹아 차마 눈 뜨고 볼 수 없을 지경이었다.
“아~…….”
“불과 조금 전까지 나이 많은 애들 심정을 헤아리고 우울해하던 건 다 어디로 갔어?!”
“뭐, 마일이니까 말이지……”
황당해하는 폴린 일행.
그리고 썩은 동태 눈알로 아연실색하며 서 있는, 마일의 요리를 보고 마스터하려 했던 세 명의 요리사였다…….
““할 수 있을 리가 없잖아아아아아!””
요리사 중 두 명이 소리쳤다.
““““아, 역시?””””
“아니, 조리법 자체는 다른 방법으로 대체할 수 있을지도 모르죠. 하지만 간을 맞추기 위한 소스는 둘째 치더라도, 『튀김가루』 같은 걸 자기 집안 대대로 내려오는 비밀이라는 한마디로 끝내버리고 마니까 방법이…….”
그때 세 명 중 가장 어린 요리사가 입을 열었다.

불가능하다고 단정 짓지 말고 마일의 조리법을 다른 방법으로 대체해보자고, 간을 맞추기 위한 소스 정도는 스스로 만들어내겠노라고.

'그래, 요리사는 응당 이래야지! 어려움을 앞에 두고도 좌절하지 않고 도전하는 것! 이 사람의 미래는 기대해 봐도 좋을지 몰라. 좋아, 언젠가 맛있는 요리를 발명해주길 기대하면서 서비스해줄까!'

그런 생각에 튀김가루의 성분을 알려주기로 한 마일. 딱히 상하기 쉬운 재료가 포함된 것도 아니므로 식중독의 원인이 되거나 하지는 않으리라.

"으음, 튀김가루의 성분은 말이죠, 밀가루, 전분, 소금, 마늘 분말, 양파 파우더, 파프리카 색소, 효모 엑기스 분말, 아미노산계 시험 조미료, 베이킹파우더, 유화제, 간장 분말(시험작), 포도당, 설탕, 흑후추……."

마일이 하는 설명 중간 즈음부터 안색이 어두워지더니, 끝에 가서는 털썩 무릎을 꿇고 마는 젊은 요리사.

"들어본 적도 없는 소재, 비싼 희귀품, 그리고 흑후추……. 국왕 폐하의 식탁도 아니고, 그런 걸 어떻게 쓰냐고요……."

그리고 그 후로도 냉각마법과 휘젓기 마법을 병용한 아이스크림 만들기. 굵은 설탕을 마법으로 녹이고 배리어를 덮어 가압한 후, 배리어에 작은 구멍을 무수히 뚫어 가느다란 실 형태로 뽑아 돌리는 솜사탕 만들기 등 도저히 따라 할 수 없는 요리와 과자들이…….

"사실은 회전시켜서 원심력으로 뽑아내야 하지만, 마법 조합이 귀찮아서 그냥 지금은 압력으로 빼내고 있어요."

……뚝!

""""앗, 꺾였다…….""""

좌절한 젊은 요리사를 불쌍하다는 듯이 바라보는 레나 삼인방이었다…….

그리고 고용주인 베브데르 씨 역시 자기들끼리는 절대 재현할 수 없는 온갖 조리법에 어깨를 힘없이 떨구었다.

물론 짓궂게 괴롭히거나 요리사들을 좌절하게 만드는 것이 목적은 아니었으므로, 마일은 나중에 충분히 재현할 수 있는 요리와 과자 만드는 법 몇 가지를 요리사에게 가르쳐주었다. 일단 의뢰 내용에 포함되어 있었으니 그냥 저버릴 수도 없어서.

요리가 일단락되고, 아이들에게서 조금 떨어진 곳에서 휴식을 취하고 있던 마일 일행에게 베브데르 씨가 쓸쓸한 표정으로 말을 걸어왔다.

"그나저나 가레이다르 씨도 무모한 짓을……. 아무리 『선택지 없는 선택』을 강요받았다지만, 우리한테 의논이라도 하지……,

아니, 나중에 이렇게 말하기는 쉬운 걸까요…….”

일단 해버린 말을, 그런 식으로 스스로 부정하는 베브데르 씨.

“자기 가족과 하인들을 생각하면 위험을 무릅쓰는 것보다야 친구 일가를 쳐내고 안전책을 구하는 게 쉬우니까요……. 전쟁 특수로 군수물자 수요가 늘어난다 해도 아직 어떻게 될지는 아무도 모르는 일이고, 괜찮다 싶은 건 큰 상회가 독점하니 우리 같은 중소 규모는 하청 일밖에 들어오지 않아요. 하지만 큰 상회는 편리하게 써먹을 수 있는 우리 같은 가게를 껴안고 싶은 것이야 당연할 테니까요. 심지어 자기 뜻대로 할 수 있고, 이용하기 좋고, 여차하면 바로 쳐내고 모른 척할 수 있는 중간 규모 상가라면……. 그러니 『위』에서 가레이다르 씨에게 명령해, 하라는 대로 따르지 않는 저희 보렐 상회를 망하게 하거나 병합하게 할 생각이었는지도 모르지만…….”

사실 어제 취조 때 가레이다르 씨가 왜 그런 짓을 했는지 실토했다. ……아니, 애당초 그걸 알아내지 않으면 취조가 아니다.

그리고 베브데르 씨와 '붉은 맹세'는 당연히 취조 때 함께했다.

그 이야기에 따르면 아무래도 다음과 같은 사정이 있었던 모양이었다.

가레이다르 씨가 상회주를 맡은 디라볼트 상회와 베브데르 씨의 보렐 상회는 같은 계열의 상품을 취급했다. 주로 오래 보존할 수 있는 식료품과 조미료, 일상생활의 필수 소모품 등이었다.

……그렇다, 그건 이른바 '군수물자', 또는 '치중(輜重)'이라고 부르는 것. 즉, 전투 시 군대에서 전선으로 운송, 보급하는 것이다.

현대 지구에서 '군수물자'와 '치중'이라고 하면 군사 식량, 피복, 무기, 탄약 등을 말하는데, 총과 대포가 없는 이 세계에서는 대부분 '군사 식량'을 의미했다. 그렇다, 밀가루와 소금, 설탕, 건어물, 술, 단것, 소금에 절인 고기, 기타 등등이었다.

해외 파병으로 군수물자의 수요가 늘어나고, 물건 부족과 가격 상승이 확실해지자 일부 대상인과 정계 그리고 군대가 결탁하여 그러한 것들을 통제품목으로 삼아 자기들의 지배 아래에 두려고 했다…….

하지만 물론 그러한 행동에 반대하는 사람들도 있었다.

전쟁을 위해 어쩔 수 없이 일시적으로 하는 통제라면 그나마 이해할 수 있다. 하지만 그걸 구실로 삼아 너무 많은 품목을, 기한도 정하지 않고 통제품목으로 지정하는 것은 장기적으로 봤을 때 나라 경제에 악영향을 미친다. 그래서 고생하는 사람이 속출하게 되리라.

하지만 장점도 있다. '많은 사람의 곤궁, 나라의 불이익과 맞바꿔 일부 사람들에게 막대한 이익이 돌아간다'라는 장점이…….

그래서 일부 대상인과 정계의 흑막, 그들과 이어진 고위급 군인들이 암암리에 활개를 쳤고, 수면 아래에서 그들에게 반기를 드는 세력과의 공방전이 펼쳐졌다나…….

가레이다르 씨가 상회주를 맡은 디라볼트 상회는 전자의 파벌과 이어져 있었고, 베브데르 씨의 보렐 상회는 후자에 찬성하는 그룹이었다.

아니, 꼭 통제파가 악당이라는 건 아니다.

전시에 군수물자를 통제하면 또 그만한 이점이 있기에 나라의 일대사에 있어서 그 주장은 어느 정도의 찬성자를 확보하고 있다.

이게 완전한 이적행위, 매국행위라면 군과 나라의 고위급에 찬성자가 그렇게 많이 나올 리가 없다. 멀쩡한 사람이라면 착한지 배금주의자인지를 떠나 자국의 존속과 발전 그리고 일족의 번영을 바랄 테니까…….

평민들에게 돈을 좀 뜯어내 한밑천 잡으려고 생각은 할 수 있지만, 그들도 국가를 위해 기꺼이 군수물자의 통제에 찬성할 것이다.

그리고 그중에서 '절대 넘으면 안 되는 선'을 넘어버린 극히 일부가 장부의 숫자만 살짝 바꿔 현장에서 실제로 물자를 관리하는 중견 상인을 구워삶아 포섭하려 했던 듯하다. ……자신들을 따르지 않는 자는 배제하는 방향으로.

가레이다르 씨로서는 아마 선택의 여지가 없었으리라.

만천하에 드러나면 큰일 나는 범죄행위 이야기를 들었는데 거절했을 경우.

……아무 일도 없이, 무사히 끝날 리는 없다.

비밀 누설 방지. 자신들을 배신하고 적 쪽에 붙으려는 자의 숙청.

자기뿐 아니라 처자식과 일족, 하인과 그 식솔들을 지키기 위해서는 달리 선택지가 없었겠지. 아무리 오랜 친구라도 자기 가족의 목숨과 바꿔야 한다면…….

베브데르 씨 역시도 만약 처자식의 목에 칼을 대고, 자신과 가족의 목숨이 아까우면 하고 협박을 받는다면 가레이다르 가를 배반하지 않는다고 단언할 수 없다.

"그도 결코 완전한 악인은 아니라는 겁니다. 저마다 믿는 정의, 신념, 파벌과 은의와 굴레, 그리고 반드시 지켜야만 하는 사람들이……. 지금은 일이 이렇게 되어버리고 말았습니다만, 우리가 아버지로부터 가게를 물려받던 무렵에, 함께 고민하고 이야기를 나누고 날이 새도록 술잔을 기울이던 나날은 절대로……."

그렇게 말하며 고개를 푹 숙이는 베브데르 씨.

어제 경비대의 취조 때 가레이다르 씨는 모든 것을 실토했다. 그렇게 하지 않으면 자신뿐 아니라 처자식과 하인들도 피해를 보니까. 그래서 자신의 안위 따위는 생각하지 않고, 모든 것을 털어놓는 수밖에 없었을 것이다.

그리고 그 덕분인지 그 시점에서는 가게와 처자식, 그리고 하인들에게는 죄를 묻지 않고, 가레이다르 개인에 대한 형벌만으로 끝날 듯한 분위기였다.

……하지만 최종적으로는 윗선의 판단이 기다리고 있어서 어떻게 될지는 알 수 없다.

아마도 일이 일인 만큼, 아주 높은 선까지 올라가겠지. 이게 통제파에 대한 견제에 이용될지 아니면 어디선가 무마될지는 알 수 없는 일이었고 '붉은 맹세'와 관련된 이야기도 아니었다. 어떻게 되어야 '붉은 맹세'가 본거지로 삼고 있는 티루스 왕국에 유리한

지는 몰랐고, 설령 알았다고 해도 레나 일행은 그런 일에 상관할 생각이 없었다.

지금은 그저, 가레이다르 씨의 아이들이 부디 가시밭길을 걷지 않길 빌 뿐이었다.

아마도 베브데르 씨는 디라볼트 상회를 가레이다르 씨의 처자식이 이어받길 바라고 있을 것이다. 그리고 아마 마찬가지로 상인이었던 아버지를 잃은, 레나와 폴린도…….

딱히 '붉은 맹세'에게는 정보 수집의 의무가 없었고, 의뢰 내용에도 들어 있지 않았다. 하지만 역시 고용주에게 도움이 된다면 얻을 수 있는 정보는 얻자는 주의였다. 그래서 베브데르 씨의 이야기를 묵묵히 듣는 마일 일행이었다.

그리고 베브데르 씨도 이런 이야기를 다른 사람에게 할 수는 없는 노릇이라고 생각했겠지. 그러니 지금은 사정을 알고 있는 '붉은 맹세'에게 이야기를 털어놓게 내버려 두는 것이 베브데르 씨에게 해줄 수 있는 최대의 배려였다.

다만 아무리 기밀 정보가 아니라고 하나, 다른 나라 사람에게 그런 이야기를 술술 털어놓아도 괜찮은 것일까. 어느 정도의 사람이 알고 있고, 암묵적으로 받아들이고 있는지는 모르겠지만…….

마일 일행이 그런 생각을 하고 있다는 걸 알아차렸는지, 베브데르 씨가 씁쓸하게 웃으며 말을 이었다.

"……뭐, 전쟁을 앞둔 다툼이라고 해도 지금은 딱히 다른 나라를 침략하려는 것도 아니니까요……."

"""""허어어어어어어억?!"""""

아주 중요한 정보였다.

((((흥미로운 정보, 나왔다~~!))))

설마 이런 정보를 이런 데서 얻을 수 있을 줄이야.

깜짝 놀라는 마일 일행.

"다, 다른 나라를 침략하지 않는다니, 그럼, 내란 같은 거예요? 황제의 후계자 싸움이라든가, 찬탈이라든가, 지방의 유력자가 제국에서 독립하기 위해 반기를 들었다거나……."

제국은 무척 넓다.

산맥은 무척 거대하다.

그래서 제도로부터 멀리 떨어진 외곽부에서 변경백 등이 반기를 들고 일어나도 이상하지 않다.

참고로 변경백은 말이 '백작'이지 실제로는 후작 정도 급에 해당했고, 때에 따라서는 후작을 능가하는 권세를 자랑할 때조차 있었다. 그래서 다른 나라를 침략하는 전쟁이 아니라면 후계자 싸움, 찬탈과 더불어 떠올릴 수 있는 원인 베스트 3에 드는, 부동의 트리오였다.

그래서 아무 생각 없이 그렇게 묻는 폴린이었는데…….

"얏! 야야야야……."

순간 당황한 베브데르 씨가 급하게 주위를 살피며 관계자 말고 다른 이가 없음을 확인하고는 안심한 듯 한숨을 크게 푹 내쉰 후

소리쳤다.

"말조심하라고!"

자기가 먼저 말을 꺼냈으면서 정중한 말투도 순간 잊고 화내는 베브데르 씨를 보며 황당해하는 '붉은 맹세'였는데, 생각해보면 상인이 타국 사람, 흉악범의 가족과 '내란', '후계자 싸움', '찬탈', 그리고 '지방의 반란' 등에 관한 이야기를 나누었다는 사실이 다른 곳에 새어나가면 큰일이다. 아마 처벌을 기다리는 가레이다르 씨 이상으로 대참사가 벌어질 게 틀림없다.

((((그럼 자기가 먼저 그런 화제를 꺼내지 말라고!))))

속으로 그렇게 쏘아붙인 '붉은 맹세' 일동이었지만, 지금은 그런 것보다는 정보 수집에 힘쓰는 것이야말로 소녀의 소양인 법.

"그, 그런데 어떤 상대와?"

수상한 꿍꿍이가 없다는 걸 증명하기 위해서라도 지금은 솔직하게 대답해줄 것이다. 있지도 않은 황제 폐하의 간첩이라거나 여신의 가신이 엿듣고 있는 게 아닐까 하고 겁먹고 있다면 더욱 절대로, 확실하게.

"따, 딱히, 비밀은 아닙니다. 굳이 말할 필요가 없고 그리 떠들고 다닐 만한 이야기도 아니므로, 아는 사람이 별로 없고 평민 사이에는 별로 화제에 오르지도 않지만……."

그렇게 말하며 베브데르 씨가 들려준 이야기는…….

""""""아인과의 전쟁?""""""

아인(亞人).

그렇다, 인간종인 인간, 엘프, 드워프와 비슷한 생김새에 말로 소통이 가능한데도 무슨 영문인지 인간종으로 인정받지 못하고 '아인'으로 차별……, 아니, 전혀 다른 생물로 취급하는 존재들, ……요컨대 수인과 마족을 일컬었다.

인간종이 아니므로 박해하든 살해하든, 그것은 '차별'이 아니다. 마물, 야수를 죽이는 것이나 다름없는 일.

인간이 들개를 발로 차면 그게 '차별'인가?

동물 애호의 관점에서는 절대 칭찬받을 행동이 아니지만, 적어도 그걸 '차별'이라고 표현하지는 않는다. ……그리고 발로 차 죽였어도 살인죄를 묻지는 않는다. 절대로…….

그렇게 주장하면서 사냥하고, 죽이고, 노예로 삼았던 시대도 있었으나 지금은 인간종과 같은 권리를 가지게 되어 일단은 대등한 관계로 아주 조금이나마 우호적인 교류를 하기도 한다. ……서로 마음속 깊이 뿌리내린 얼룩덜룩한 감정이 넘치려 하는 것을 겨우 억누르면서.

"하지만 수인과 마족은 씨족 단위로 살고 있지, 국가를 형성하진 않잖아요?"

마일의 의문에 베브데르 씨가 다시 설명해주었다.

"아니, 그러니까 제가 앞에서 말하지 않았습니까. 『딱히 다른 나라를 침략하려는 것도 아니니까요』라고……. 상대는 우리나라에 산재해 있는 아인들입니다. 구체적으로 말하면 마족과 수인. 그리고 그들과 인간종 사이에 태어난 하프, 쿼터 등 중에서 그들과 행동을 같이하는 자들입니다. 물론 아까 마일 씨가 말한 대로 아인들은 씨족 단위로만 집단을 형성하기 때문에 이번 상대는 이 나라에 집락을 형성해 사는 아인들 중에서 아주 일부에만 해당하지만 말입니다. ……아직은."

"아직은?"

폴린의 의문에 상황을 이해한 마일이 대답했다.

"……그러니까 그 전쟁 때문에 아인을 배척하는 분위기가 점점 심해져 온 나라, 아니, 온 대륙에서 아인들과 싸움이 일어날지도 모른다는 말이죠? 헌터 양성 학교에서 배운, 『아인대전』처럼……."

아인대전.

그것은 아주 먼 옛날에 일어난 전쟁으로 인간, 엘프, 드워프로 이루어진 '인간종 연합'과 마족, 수인, 그리고 그들에게 힘을 실어준 요정족과 기타 소수 종족들의 싸움이었다.

정면으로 부딪치는 전투는 머릿수로 밀어붙이는 인간이 있는 인간종 연합이 우세했지만, 개개인의 전투력은 마족과 수인이 압도적으로 위였다. 게다가 숲과 산악지대에서의 기습 공격, 각개 격파로 나오면 밤눈이 밝고 신체조건이 압도적인 아인들을 인간종 연합은 도저히 이길 수 없었다.

그래서 인간종은 숲과 산악지대에는 일절 들어가지 않게 되었고, 평야에서도 많은 병사를 이끌고 가지 않는 한 안전하게 움직이기 힘들어졌다.

그 말인즉슨 성채 도시 밖으로 나갈 수 없게 되었다는 뜻이다. 농민도, 사냥꾼도, 광부도, ……그리고 상인들도.

심지어 인간종 연합이 아인들의 주 세력이 잠복한 숲을 통째로 불 지르려 하자 격노한 고룡이 아인 편에 서게 되면서, 인간종의 몇몇 도시가 붕괴하였다.

……궁지에 몰린 생쥐였다.

그래서 머릿수 차이가 크게 났음에도 불구하고 인간종이 크게 양보하는 조건으로 강화조약을 맺게 되었다. 이때부터 아인과 인간종은 대등, 즉 같은 권리가 인정되었다.

그리고 서로에게 아직 원한은 남아 있지만, 다시 전쟁이 일어나는 것은 양쪽 모두 피하고 싶다는 생각의 일치로, 전쟁의 불씨가 될 잘못을 저지르면 엄벌에 처하기로 하고 현재와 같이 '소극적인 우호 관계'가 유지되고 있었다. 아주 조금의 악의에도 쉽사리 무너져버릴 것 같은 위태로운 '평화'가…….

"……그거, 심각한 일 아닌지……."

"심각한 일이죠……."

"심각한 일이지……."

""""""그렇죠~!""""""

제89장 방위전

“그런 말도 안 되는 짓을 했다간 다른 나라와의 전쟁 정도로 끝나는 게 아니잖아요! 일시적으로 아인들을 제압하는 데 성공했다고 치더라도 국내 다른 씨족은 물론이고 주변 모든 나라에서도 아인이 공격해올 거고, 나아가 옛 조약에 근거하여 주변 모든 나라의 인간종 군대까지도 공격해 들어올지 모른다고요. 아인과의 싸움이 다시 온 대륙에 퍼지는 사태를 염려해서 말이죠. 또 강화 조약 체결에 함께 있었던 고룡의 심기를 거스른다면……. 자살 행위예요! 심지어 국내가 그런 상태인데도 지난번에 브란델 왕국을 건드렸다는 건가요? 도대체 무슨 생각으로…….”

마일의 말에 곤혹스러운 표정으로 어깨를 움츠리는 베브데르 씨.

“아니, 하지만 싸움을 건 게 상대 쪽이라는 듯합니다……. 그것도 아주 최근의 일인 듯한데. 그래서 다른 나라에 대한『음음』준비를 중단하고 크게 당황하면서 태세 변경을…….”

“““““허어어어어억?!”””””

과연 ‘침공’이라든가 ‘침략’과 같은 단어는 입에 담기 꺼려졌는지 단어를 살짝 흘려 말하는 베브데르 씨.

보통은 풍족한 토지며 광맥이며 진귀한 보물 등을 노리고 인간

쪽이 먼저 아인이 사는 곳을 쳐들어가곤 한다.

같은 인간종이라도 엘프와 드워프는 그런 짓을 하지 않는다. 장수하는 탓에 번식력이 약해서일까, 아니면 영토 확장 따위에는 그다지 흥미가 없고 현재 생활환경을 지키는 것을 중시하며 싸움을 좋아하지 않아서일까…….

그리고 아인이 먼저 싸움을 걸어오는 건 거의 전례가 없을 터였다. 만약 있다고 한다면 그건 동료가 노예사냥으로 끌려갔거나, 부족의 빼앗긴 보물을 되찾기 위해서였다거나, 혹은 죽은 동료의 원한을 갚기 위해서였다거나, 여하튼 인간이 원인을 제공한 경우뿐이었다.

""""""제국 사람이 뭔가 흉악 범죄라도 저질렀겠죠……."""""

그래서 마일 일행이 그렇게 판단하는 것은 당연한 일이었다.

"아니요, 아무래도 그게 아닌 모양입니다. ……이번에 한해서는 정말로!"

즉, 평소에는 그랬다는 뜻이다.

"아주 최근의 일입니다만, 아인들이 자신들의 거주지역이 아닌 장소를 갑자기 점거하고 그곳에 살던 인간종을 강제로 내쫓았다고 합니다. 일단 가재도구를 가지고 나갈 시간은 준 모양인데, 이건 명백한『옛 조약』위반이자 침략 행위입니다."

제국 내에 살고 있는데 침략했다고 말하는 것은 표현상 좀 이상하지만, 사는 곳이 제국의 토지라 할지라도 아인은 '제국의 백성'이 아니다.

병역 의무도 없거니와 납세의 의무도 황제의 명령에 따를 의무도 없다. 대신 나라의 비호를 받을 권리 역시 없다.

좋게 말하면 마음대로 들어와 사는 타국인. 나쁘게 말하면 숲에 사는 짐승, 마물이나 마찬가지다. 그래서 현재는 인간종과 같은 권리, 대등한 관계가 되었다고는 하나 뿌리 깊게 남아 있는 차별 의식과 혐오감 때문에, 일말의 계기에 현장이 폭주하고 전쟁이 발발해도 이상하지 않았다.

그것을 나라의 고위층은 가라앉히려고 할까, 아니면 더 부추겨서 정치적으로 이용하려 할까…….

애당초 사건의 이유와 계기를 모르면 손쓸 방법이 없다. 누가 뭔가를 노리고 벌인 짓인지, 아니면 불행한 엇갈림에 불과한 것인지…….

하지만 '붉은 맹세'는 왠지 짐작 가는 바가 있었다. 특히 베브데르 씨가 말해준 '싸움 상대'라는 것이, 마족이라든가 수인이라든가 하는 개별 종족명이 아니라 '아인'이라는, 양쪽을 아우르는 대략적 호칭이라는 부분에서 더욱…….

"어쩌면……."

"혹시……."

"그거일지도……."

""""""…………."""""""

"그런데 베브데르 씨의 가게는 어떤 상품을 취급하시나요? 사실 저도 상가 집안이어서……."

폴린이 슬쩍 화제를 바꾸었다.

자기 가게가 취급하는 상품을 숨길 상점주가 아니었고, 그런 짓을 할 의미도 이유도 없었다. 그렇기에 폴린의 질문에 대답하는 베브데르 씨였다.

아무래도 이야기가 살짝 위험한 방향으로 가고 있다는 생각에 초조해지기 시작하던 차였는지, 살짝 당돌하면서도 부자연스러운 폴린의 화제 변경에 고마워하는 표정이었다.

그리고 마일은 아이들이 다시 이런저런 요리를 부탁해와서 아이들에게로 향했다.

메비스는 나이 많은 아이들이 검술을 가르쳐달라고 부탁해서, 아이들로부터 건네받은 나무토막을 들고 조금 떨어진 곳으로 향했다.

레나는 마법을 알려달라며 조르는 아이들이 손을 끌었고.

폴린은 베브데르 씨와 계속 대화를 이어나갔다…….

*　*

"무리한 의뢰를 받아주셔서 정말 감사했습니다. 아이들에게도 좋은 추억이 되었을 겁니다."

""""""의뢰해주셔서 감사했습니다!""""""

베브데르 씨가 인사와 함께 머리를 숙이자, 마찬가지로 머리 숙여 의뢰 완료 인사를 하는 '붉은 맹세'.

이번에는 길드를 통하지 않은 자유 의뢰였고, 보수는 전부 선금으로 받았다. 그래서 이대로 돌아가면 끝이었다.

요리에 비싼 향신료와 구하기 힘든 식자재를 썼다는 걸 안 베브데르 씨가 주뼛주뼛 추가 보수에 대해 말을 꺼냈지만, 마일은 웃으면서 사양했다.

구하기 힘든 식자재라고 했지만, 산지를 지나칠 때 대량으로 사들인 것들이다. 제철인 계절이 짧다거나 보존이나 운송 관계로 지역이 멀어서 가격이 말도 안 되게 비싼 것일 뿐이라, 마일로서는 별로 비싼 것이라는 인식이 없었다.

또 향신료 역시 매운맛의 중심은 '핫마법의 부산물'에 지나지 않았는데, 거기에 산초와 대마씨, 흑후추, 겨자씨, 해초류, 생강 등을 대량으로 섞어 증량하여 강렬한 매운맛은 잡아주면서 동시에 감칠맛과 깊이가 났다. 이 소재들을 모으느라 다소 공을 들였지만 그리 비싼 것들은 아니었고, 또 막대한 양의 재고가 있었다.

……아마 '붉은 맹세'가 자기들끼리만 쓴다면 수십 년이 지나도 다 쓰지 못할 정도로.

참고로 해초류는 '붉은 맹세'가 해안 도시에 갔을 때 마일이 직접 채취해서 나중에 마법으로 건조와 가공을 한 것이다. 그 밖에 파래와 다시마 등도 대량으로 확보해두었다.

* *

"놀라운 이야기를 들었지만 말이지……."

"네, 딱히 비밀도 아닌 거라면,"

"당연히 그 정도는 이미 다른 팀도 정보를 입수했겠지……."

메비스, 폴린, 그리고 레나가 말한 대로. 이런데도 그 정보를 입수하지 못했다면 귀족 매수 담당과 잠입 공작원, 첩자(현지 영주형 첩보원)들은 어마어마한 무능력자 집단이리라.

"아니, 오히려 그건 다른 나라에서 입수해주길 바라는 정보겠죠. 아인과의 전쟁이 시작된다면 자신들이 잘못한 게 아니다, 조약을 깬 건 아인이라는 사실을 다른 나라에 알리고 싶을 테니까요. 그리고 가능하다면 자신들이 그렇게 막 떠들고 다니는 게 아니라 자연스러운 형태로, 다른 나라의 고위층이 직접 입수한 정보, 라는 형태로……. 이 나라 사람이 주장할 때는 '허위 정보'로 받아들일지도 모르지만, 직접 첩보 활동을 펼쳐서 입수한 정보는 허위 정보라면서 이 나라에 불평할 수 없을 테니까요."

"""아, 그렇겠네……."""

마일의 생각에 납득하는 세 사람이었다.

"그러니까 비밀로 지정된 게 아니니까 정보통이라면 이미 알고 있겠지. ……그래서, 어떻게 할까?"

"그야 뭐, 일단 고용주들한테 알리고……."

"이 이야기를 들으면 고용주들이 아마 서둘러 그 방면의 정보를 모으려고 할 테니까……."

"그쪽을 돌아 귀국 루트가 정해지지 않을까……?"

레나의 의문에 잇달아 대답하는 세 사람.

"그럼,"

""""가볼까!""""

*　*

마일 일행이 고용주 상인들에게 정보를 전하자 상인들은 허둥지둥 어딘가로 외출했고, 그 후 제도의 체재 일정이 사흘 미뤄졌다.

그리고 그동안 자기들끼리 조사했는지 다른 팀과 연대했는지는 모르겠지만, 베브데르 씨에게서는 정확한 위치를 얻지 못한 '그 장소'에 대한 정보를 얻은 듯한 상인들이 마침내 출발 결정을 내렸다.

목적지는 제도의 남동 방향에 있는 산악지대였다.

제국은 전체적으로 산이 많으므로 '산악지대로 향한다'고 해도 그리 큰 의미는 없었지만, 그래도 그 방향에 특히나 험준한 산이 많은 모양이었다. ……그래서 인간종은 별로 살지 않고, 아인의 마을이 많다고 했는데…….

"베브데르 씨의 보렐 상회랑 범인 가레이다르인가 하는 남자가 경영했던 디라볼트 상회는 일단 현장의 군사 식량을 관리하는 일을 맡았다고 해요."

"……그러니까 군수물자 보급 담당이었다는 거네. 뭐, 자국 안에서의 운송이라면 군의 보급부대가 아니라 민간 상인에게 맡겨도 문제가 없나. 그동안에 보급부대는 다음 작전 행동을 위한 준비를 하고?"

폴린이 베브데르 씨와 나눈 이야기로 얻은 정보를 들려주자 레나가 알겠다며 대답했다.

전쟁에서 화포가 보급된 후라면 군수물자는 주로 탄약이 되겠지만 현재 이 세계에서 보충되는 무기라고 하면 활과 예비 검정도였고, 병참병이 옮기는 것은 주로 식량이었다. 자국이므로 물이 어디 있는지 정확하게 파악할 수 있기에 마실 물도 어렵지 않게 확보 가능했다.

다른 나라에 쳐들어가는 게 아니므로 성이나 성채를 공격하기 위한 파성추, 바리스타, 갈고리 달린 사다리, 줄사다리 등도 필요 없었다.

또 식량 역시 주변 마을에서 사들이거나 징발할 수 있으므로 제도로부터 가져오는 양은 그리 많지 않았고, 물자를 운반하는 보급부대가 도중에 적의 공격을 받을 걱정도 없었다.

도적도 아무리 상인의 짐마차로 운반한다지만 군 보급물자를 운송하는 상단을 습격하는 바보는 없으리라. 만약 그런 짓을 했다간 다음 날이면 군대가 출동하여 인근의 도적들 모두 싹 죽여버릴 것이다.

군과 나라의 고위층에 싸움을 걸어서 그냥 끝날 리가 없다.

그러니 보급 면에서는 아무런 문제도 없을 터였다.

……다만, 어디까지나 '군대의 보급물자'다. 딱히 최상급 소고기라든가 오래 숙성된 와인을 운반하는 게 아니다. 어디까지나 '최소한으로 필요한 식량'인 것이다.

*　*

산길을 나아가는 마일 일행을 비롯한 상단의, 상품이 거의 다 팔리고 텅 빈 마차 짐칸에는 제도에서 사들인 기호품이 소량 실려 있었다.

팔아야 할 상품이 없는데도 제국 내를 어슬렁거리면 부자연스러웠고, 역시 현지에서 정보를 모으려면 사람들과 대화할 계기가 되는 것, 즉 상품이 필요했다.

그리고 병사의 식사는 군에서 지급되기 때문에 딱히 식량이 부족한 것도 아니었다. 그렇다면 기대해 볼 수 있는 것은 기호품, 그러니까 술이며 안주며 과자와 같은 종류였다.

하지만 그것들은 그리 부피를 차지하는 물품들도 아니었기에 티루스 왕국 왕도를 출발했을 때와 비교하면 짐칸에 여유가 있어서 편하게 몸을 실은 마일 일행이었다.

"……그나저나, 어떻게 할까요?"

"어떻게 하긴, 만약『그 패턴』이라면 또 상황을 설명해서 잘 수습하는 수밖에 없잖아?"

"그렇죠……?"

마일은 레나의 말에 고개를 끄덕일 수밖에 없었다.

"저기, 심부름꾼 고룡의 이름을 입에 담으면 무슨 일이 일어나나요오……?"

"아아, 그, 이름이『배터져스』인가 뭔가 했던……."

"'베레데테스'겠지."

폴린의 말에 마일이 농담을 던지자 무표정으로 바로잡는 레나.

이제는 거의 의무감 내지는 자원봉사의 느낌이 짙었다.

"그런데 온 대륙의 모든 유적 조사원들과의 연락책을, 그 고룡 한 마리가 다 맡을 리는 없잖아? 아무리 고룡이 빠르게 날고 행동반경이 넓다 해도 그렇게 편할 대로는……."

"뭐, 다른 고룡이 담당하고 있다 해도 우리, 아니 인간 측이 사정을 알고 있다는 사실을 알면 그걸로 되지 않을까? 싸우지 않고, 만족할 때까지 자유롭게 구멍을 파다가 물러가면 그만인 거지. 게다가 지난번 일은 고룡들 사이에서 정보를 공유했잖아. 그러니까 현장의 마족과 수인들에게도 그 정도는 알리지 않았을까?"

""하긴…….""

메비스에 대한 레나의 대답에 납득하는 마일과 폴린.

아무래도 큰 문제는 없을 것 같았다.

……아니, 티루스 왕국 측으로서는 아르반 제국이 국내에서 갈등이 일어나 피폐해지는 쪽이 좋겠지만…….

애당초 베브데르 씨도 '다른 나라에 대한 『음음』 준비를 중단하고 크게 당황하면서 태세 변경을 한 것 같다'라고 말했었다. 그 『음음』이라는 것에 해당하는 단어는 『침공』이나 『침략』 이외에는 생각할 수가 없다.

""이거, 어쩌면 해결하지 않고 그냥 두는 게 더 낫지 않을지?""

그리고 거의 동시에 그런 생각이 든 듯한 마일과 메비스.

엥, 하는 표정을 지은 레나와 폴린이었지만, 마일의 설명에 납득한 모습이었다.

"그런가, 우리가 딱히 문제 해결 의뢰를 받은 것도 아니고, 나는 그렇다고 치더라도 메비스와 폴린 그리고 마일한테는『모국이 제국에게 침략당할지 아닐지의 문제』구나…….”

일시적으로 적을 두고 있을 뿐이지 티루스 왕국이 모국은 아닌 레나의 입장에서는 국가적인 일은 그다지 상관없었다.

하지만 말은 그렇게 해도 동료의 가족 그리고 알게 된 많은 사람이 사는 나라가 전쟁에 휘말리게 되는 것은 기분 좋은 일이 아니었고, 자신들이 괜한 짓을 하는 바람에 그 시기가 앞당겨진다면 기분은 더욱 상하리라.

“그럼 어디까지나 정보 수집만 하고, 분쟁을 해결하는 데 도움이 되는 일은 일절 하지 않는 거로? 아니면 반대로 분쟁이 더 커지도록 마구 휘저어놓을까요?”

“““…………. ”””

폴린의 말에 입을 다문 세 사람.

아무리 그래도 싸움을 부추기고 전쟁의 불씨를 키우는 건 지나치리라. 그런 의뢰는 받지 않았고, 그런 건 단순한 전쟁광이다.

“““…………. ”””

“뭐, 『그거』라고 정해진 것도 아니고, 지금 막 생각해봐야 무슨 소용이겠어요. 모처럼 시간 들여서 생각했는데, 막상 가보니까 상황이 전혀 다르면 시간과 들인 노력이 다 헛수고로 돌아가는 거니까 엄청난 손해라고요!”

“……그것도 그래요.”

마일의 '엄청난 손해'라는 단어에 반응했는지, 폴린이 맞장구를 쳤다.

"뭐, 미리 각오는 해두지만, 기본적으로는 일이 닥쳤을 때 승부! 그게 바로 우리……."

"""""『붉은 맹세』!"""""

* *

그리고 제도를 떠난 지 일주일 후, 제국 남동부에 도착했다.

아무리 속도가 느린 짐마차라 해도 다른 나라 같으면 닷새 정도면 도착할 거리인데, 고저 차이가 큰 데다가 가도 정비가 잘 되어 있지 않은 험한 길이어서, 비가 내리면 얼마간 질퍽거리는 상태가 이어져 시간이 걸렸다.

그래도 마일 일행의 마법과 괴력 덕분에 마차 바퀴가 진창에 빠졌을 때나 차축이 부러졌을 때 몹시도 간단하게 대처해서 순조롭게 이동한 편이었다. 일반 상단이라면 시일이 더 걸렸을 터였다.

마물과 도적에 대비하기 위해서는 대규모 상단을 꾸려야 한다.

하지만 마차 수가 늘어나면 바퀴와 차축, 기타 여러 문제가 발생할 확률이 올라간다.

그리고 문제가 일어난 마차를 그대로 버리고 갈 수도 없는 노릇이기에, 그때마다 수리가 끝날 때까지 다 함께 기다려야 할 필요가 있다. 험한 길이 이어지기 때문에 다른 나라의 가도보다 그 빈도가 훨씬 높고, 문제가 발생할 때마다…….

"길이 험하니까 상단 이동에 시간이 걸리고, 그만큼 쓸데없이 경비가 들죠. 그럼 상품의 가격이 올라가고, 마물과 도적의 피해를 받을 확률도 올라가니까 리스크 관리를 위해 값을 점점 더 올릴 수밖에 없는……. 완전한 악순환이에요."

"하지만 아르반 제국은 넓고 가도가 많고 가난한 나라라 돈은 없어서, 전국의 가도 정비를 할 돈이 없는 게 아닐까……."

폴린이 상인의 시점에서 말하자, 역시 행상인의 딸이었던 레나가 대답했다. 중견 상가의 딸이자 집을 떠난 적이 없었던 폴린보다도, 철들었을 무렵엔 이미 아버지와 둘이서 짐마차를 타고 행상 여행을 떠났던 레나 쪽이 '가도'에 대해 실감하는 바가 크겠지…….

그리고…….

"아, 저기, 군대 야영지인 것 같아요!"

마일이 손가락으로 가리킨 끝에 아르반 제국군의 것으로 보이는 야영지가 있었는데, 막사와 텐트 창고 등이 줄지어 있었다.

"일단 가보자!"

"하……, 아니, 그걸 정하는 건 상인들이어야 하는 게……."

*　*

"뭐? 기호품을 판다고? 물론 좋지! 병사들의 사기진작에도 도움이 될 거고. ……하지만 너무 바가지 씌우지는 말아줘. 그런데 술이랑 안주는 있나? 일단 맛있는 것부터 좀 팔아봐!"

이런 세계에서 최전선 군대란 이런 것이다.

아니, 나쁜 의미는 아니고, 위험도가 크지 않을 때는 병사들이 한숨 돌리게 해주는 것도 중요한 일이었고, 현대 지구에서도 군의 기지와 군함에서는 군 매점(Exchange)에서 기호품을 파는 곳이 많다.

그래서 군이 이런 위험한 벽지까지 그것을 가져와 주었다고 하면 군 사관으로서는 고마운 일이었다. ……지나친 폭리 가격만 아니라면 말이다.

그래서 상급 사관의 허락을 가볍게 받아내고 얼른 장사 준비를 하는 상인들이었다.

'잘난 사람들(윗사람들)' 이야기는 다른 팀 담당이다. 이 팀은 어디까지나 '시장에 떠도는 소문'을 모으는 것이 주된 임무다.

군인은 시장 사람들(서민)은 아닐지 몰라도, 말단 병사 등은 서민과 크게 다르지 않으니 별로 문제 될 것은 없었다.

적의 수는 그리 많지 않다지만 마족과 수인은 개개인의 전투력을 볼 때 일반 인간 병사를 크게 웃돈다. 머릿수와 무기의 힘으로 밀어붙이면 된다고 믿고는 있어도 어느 정도의 피해가 나올 것은 확실했고, 그 '피해'라는 것이 자신의 목숨이 될 확률은 그리 낮지 않았다. 그렇다, 말 그대로 '당장 내일 어떻게 될지 알 수 없는 몸'이었던 것이다.

그런데 최전선에서 입수하리라고는 상상하지도 못한 고급 술과 안주, 기타 기호품 그리고 젊은 성인 여성 두 명과 자기 딸 혹은 여동생을 떠오르게 하는 미성년자(같은) 소녀 둘이 그런 곳까지 찾아온 것이다.

……음식을 사고, 말을 걸어올 게 뻔했다.

"아저씨, 국민을 위해 수고가 많으십니다!"

"오빠, 힘내요!"

레니의 여인숙에서 마일의 지도 아래 단련한 일본식 접객술은 적수가 없었다.

그리고 자진해서 상인들에게 '판매를 돕겠다'고 나선 마일 일행은 착실하게 정보를 수집했다…….

*　*

저녁을 먹으며 검토회를 연 '붉은 맹세' 멤버들.

고용주 상인과 마부들도 마일이 만든 요리를 먹으며 이야기를 들었다. 물론 마부들도 상인과 마찬가지로 '그쪽 사람들'이었기에 이야기를 들어도 상관없었다.

"음음, 역시 상황이 좀 다른 것 같네……."

"응, 저번 패턴은 사람이 출입하지 않는 벽지의 유적을 조사하는 느낌이어서 몰래 하는 건 줄 알았는데……."

"네, 베브데르 씨의 이야기는 왜곡되고 군더더기가 많은, 제도 쪽에 유리하게 바꾼 부정확한 이야기라고 여기고 절반은 흘려들었었는데, 알고 보니 꽤 정확한 정보였네요……."

그렇다, '아인들이 자기 거주지역이 아닌 곳을 갑자기 점거했다', '인근에 살던 인간종을 강제로 내쫓았다'라는 이야기. 특히 후반부는 가짜 정보라고 생각했던 레나 일행이었는데, 병사들에게 이야기를 들어보니 아무래도 사실 같았다.

병사들은 자신들이 국민을 위해 옳은 일을 하고 있다고 생각하고 있으므로, 민간인인 레나 일행에게 숨기기는커녕 소녀들의 환심을 사기 위해 적극적으로 정보를 알려주었다.

사관들도 국민을 보호하기 위한 정의로운 싸움이고 타국에 '정당방위'임을 어필하려면 사실을 퍼트리는 행동은 아무런 문제도 되지 않을뿐더러, 오히려 대환영이었다.

남의 나라를 기습 공격한다거나 민간인을 습격하는 등, 질 나쁜 임무와 비교하면 이 얼마나 가슴이 뛰고 의미가 있는 임무인가! 설령 죽을 위험이 몇 배나 높다고 하더라도 군인으로서 보람을 느낄 수 있는, 목숨 걸어도 좋은 명예로운 임무이지 않은가!

……그리하여 일반병들과 대화를 나누는 폴린과 메비스 쪽에 끼어들어, 거친 숨을 토하며 열변을 토하는 하사관과 초급 사관들도 많았다.

왜 폴린과 메비스에게로 간 걸까.

그건 물론 성인으로 보이는 사람이 이 둘뿐이었고, 크기가 허용 범위 내에 있는 것 역시 이 두 사람뿐이었기 때문이다.

……레나와 마일의 기분이 언짢아진 것은 굳이 말할 것까지도 없다.

"그래서 앞으로는……."

"물론 계속 전진해서 아인들을 만나야지."

그렇다, 원래 그럴 작정이었다. 굳이 여기까지 와서 병사들의 이야기만 듣고 돌아가서야 의미가 없다. 그 정도 정보라면 다른 팀도 모으고 있겠지.

마차는 길에서 벗어나 갈 수 없으므로 좋든 싫든 군대가 주둔한 장소를 지나쳐야 했다. 근데 그런 상황에서 마차가 말도 없이 '문제의 장소'로 가려고 하면 반드시 멈추고 취조하려 할 것이다.

……뭐, 적이 있는 전방으로 물자를 잔뜩 실은 마차가 향한다면 그야 당연히 멈춰 세우고 조사하겠지. 바보가 아니라면 말이다.

그래서 일단 군대를 찾아 가볍게 인사하고 '제국의 병사들이 위로부터 어떤 식으로 설명을 들었는지' 확인한 다음, 슬쩍 나와 계속 앞으로 나아갈 계획이었다.

지금 이곳에 있는 것은 말이 군대지 고작 수십~수백의 아인을 상대하는 병력이어서 그리 큰 규모가 아니었다.

일단 제도에서는 만일의 경우, 그러니까 이것이 방아쇠가 되어 아인과의 전면 대립이 일어날 수도 있다 상정하고 움직이는 중이라는데, 그런 것 치고는 이곳으로 보낸 병력은 그리 많지 않았다.

그래서 마일 일행은 비교적 간단히 대답을 내놓았다.

"우리가 보고한 고룡과 마족, 수인들 사건이 이 나라까지 전달되지 않은 걸까요?"

"제국에 굳이 도움이 될 정보를 가르쳐 줄 바보가 어디 있겠어?"

"아니면 알렸지만 믿어주지 않았을 가능성도 있지. 거짓 정보, 교란 정보라고 여기고……."

"아~……."

레나와 메비스의 대답에 고개를 끄덕이는 마일.

"하지만 길드 지부는……."

"길드는 나라가 하는 일에 간섭할 수 없어. 뭐, 만약 충고한다고 해도 남의 나라가 흘린 가짜 정보일 거라는 한마디로 끝날지 모르고."

폴린의 의문도 레나의 한마디로 끝났다. 적대국이 의도적으로 흘린 진위를 알 수 없는 정보 따위, 어떻게 판단해야 좋을지도 알 수 없고 혼란만 초래할 뿐이라며 아예 무시하는 것은 그리 이상한 태도가 아니다. 실제로 일부러 그런 짓을 하는 나라가 꽤 있으니까. 그러니 아무래도 그 부분은 비난할 수 없을 것이다.

"그럼 일단 내일은 계속 가보자."

"""하앗!"""

레나의 말에 여느 때와 다름없이 입을 모아 대답하는 세 사람.

……사실 상인들에게는 제도를 출발하기 전에 미리 양해를 구해두었다.

상인들은 물론 '붉은 맹세'가 고룡과 처음 만났던 사건, 그러니까 '고룡이 수인들과 화해하도록 중개해주었던 건'에 대한 이야기를 길드 마스터에게서 들었기 때문에 마일 일행의 '아무래도 이 사건이 그 사건과 비슷한 느낌이 든다'라는 이야기를 그대로 믿어주었다.

그래서 원래는 제국군에게 '일반 병사는 윗사람으로부터 뭐라고 들었고 그걸 어떻게 생각하고 있는지' 묻는 조사만 하고 귀국할 계획이었지만, '붉은 맹세'가 하자는 대로 따르기로 했다.

다음 날 아침.

"그럼 저희는 여기서 실례하겠습니다."

상인들이 사관에게 인사한 후 마차를 타고 출발하려는데…….

"잠깐! 잠깐잠깐잠깐잠까아아아아안!"

전속력으로 뛰어와 움직이기 시작한 마차 앞을 가로막은 사관과 허둥지둥 그를 뒤따르는 몇몇 군사들.

"어디로 가려는 거야, 어디로! 그쪽은 아인들이 점거한 쪽이라고, 제도는 반대 방향이란 말이야!"

"아하, 그런데 그게 왜요?"

안색을 바꾸고 화내는 사관에게 상인이 시치미를 떼며 대답했다. 여기서 호위 헌터가 대답하면 이상하므로 상인들에게 대신 부탁한 것이다.

"왜고 자시고, 민간인이 적지에 들어가서 뭘 어쩌겠다는 거야!"

"아니, 군인 여러분에게는 적일지 모르나 저희는 아무도 적대하지 않습니다. 그들이 도적인 것도 아니지 않습니까? 저희는 그저 이 산을 넘어 멀리 돌아 해안 쪽으로 가서 해산물을 사들이고 고국으로 돌아갈 생각일 뿐이므로……."

윽, 하고 말문이 막힌 사관.

하긴 아인들이 도적질을 한 것은 아니다. 그저 일정 구역을 점거하고 있을 뿐이고, 그 때문에 이렇게 군이 깔려 있긴 하지만 정치적 배려 때문에 차마 건들지는 못하고 고위층의 판단을 기다리고 있는 상태였다.

하지만 그렇다고 해서 민간인이 위험한 곳으로 가려는 것을 보고도 못 본 척할 수는 없었다. 그것도 젊은 여자와 소녀가 있는데…….

"짐도 『도적의 몫』(도적의 습격을 받았을 때 짐이 아예 없으면 아무리 돈이 좀 있더라도 화가 난 도적이 마차를 망가뜨리거나 사람을 죽일 수 있으므로, 달래기 용으로 도적에게 넘길 술이며 음식물과 같은 짐을 따로 빼둔 것)이 조금 있을 뿐이어서, 만에 하나 아인들에게 공격받아 빼앗기더라도 적이 얻는 이득은 딱히 없습니다……."

"아니, 하지만!"

그렇게 옥신각신하고 있는데, 왠지 좀 높아 보이는 계급장을 단 사관이 등장했다.

"뭐야! 아침 댓바람부터 왜 이리 소란스러운가!"

상인과 씨름하던 사관이 소위나 중위쯤 된다면 그 사관은 소령쯤 되는 계급인 듯했다.

"너희, 이런 곳까지 와준 상인에게 무슨 짓을…… 아니, 성녀님?!"

레나 일행을 본 사관이 갑자기 소리쳤다.

""""""……누구?""""""

그리고 이상하다는 표정으로 그렇게 묻는 '붉은 맹세' 멤버들.

"저, 저는 브란델 왕국에서 있었던 죽음의 철퇴전에서 성녀님의 도움을 받았던……, 아, 그런데 저 소녀는?"

그렇게 말하며 마일을 보는 사관.

""""당나귀야.""""

"아~……."

과연 그때 마일은 당나귀의 모습으로 있었다…….

*　*

"……그래서 이대로 쭉 직진하고 싶다는?"

"네……."

이 영관은 아스컴령 절대 방위전 때의 침공군 5,000명 중 하나였다고 한다.

그 방위전은 완전한 패전이랄까 병사 손실은 적었지만, 대실패로 끝난 침략 작전이었는데, 대실패 했기에 오히려 영웅을 몇 명 만들어 병사와 국민의 사기 고무를 도모할 필요가 있었다.

그래서 물자는 거의 다 잃었지만, 병사는 거의 피해 없이 귀환시키는 데 성공한 '아스컴령 기적의 철퇴 작전'으로 미화한 그 작전에서, 영웅으로 치켜세워진 사람 중 하나가 바로 이 영관이라고 한다. 당시에는 대위였는데 승급했다나…….

무려 '기도를 올려 성녀님들을 소환한 세 명의 사관' 중 하나로 되어 있다는 모양이었다.

그 말을 들은 '붉은 맹세'가 '알 게 뭐야~!' 하고 소리치자, 그 사관도 '제 말이요……' 하며 어깨를 축 늘어뜨렸다.

"하지만 상대는 마족과 수인입니다, 혹시라도……."

"저희는 괜찮습니다. 그곳이 전쟁터든 지옥의 밑바닥이든, 고객이 원한다면 어디든 즉시 출격! 그것이 저희……."

""""""이동상점, 『성녀옥』!""""""

물론 진짜 파티명을 밝히지는 않고, 그때 밝힌 이름에 맞춰 소개했다. 지금 상황에 어울리게 아주 살짝 수정하긴 했지만…….

"으……."

그 말을 듣자, 그때 자신들이 도움받은 사실이 있는 이상 더 강하게 나오지 못하는 사관.

그리고 고민한 끝에…….

"그럼 저와 병사 몇 명이 호위해드리겠습니다!"

"괜히 더 위험해져요! 저희끼리만 가면 그냥 통과하기만 하는 호위 달린 소규모 상단에 지나지 않는데, 병사가 붙으면 그냥 적이라고요!"

"아……."

무심코 반사적으로 소리친 마일의 말에, 그것도 그런가 하고 반성하는 사관. 그런 것도 못 알아차리고, 굉장히 당황했던 모양이다.

"그러니 부디 걱정하지 마시고."

폴린이 생긋 웃으며 말하자 어쩔 수 없이 고개를 끄덕이는 사관.

"그……, 그래요……. 조심하셔야 합니다, 정말로……"

((((예스, 클리어!))))

이렇게 해서 장애물을 무사히 배제하고 앞으로 나아가는 상단.

마일의 갓디스 페노메논(여신화 현상) 때의 모습은, 거리가 좀 있었고 아주 단시간, 그것도 아래에서 올려다보는 각도였기 때문에 병사들에게는 얼굴이 잘 보이지 않았었는지, 마일을 '당나귀'로만 인식한 것 같아서 특별히 문제는 일어나지 않았다.

아마도 앞으로 또 그때 다른 병사들을 만난다고 하더라도 다들, 마일을 '이동식당 성녀옥'의 당나귀로만 인식하리라.

그리고 지구의 미국과 마찬가지로, 여기서도 당나귀는 '바보'라든지 '얼간이'의 대명사였다.

겉모습은 말과 유사하고 끈기 있게 일을 잘하지만, 말처럼 머리가 좋지 않다는 이유 하나만으로 무시당하다니, 부당하다. 말도 개에 비하면 훨씬 머리가 나쁜데…….

그리고 당시 마일이 '어차피 저는 바보에 얼간이 당나귀라고요!' 하고 말했는데, 다들 그냥 넘겼었다. '브레멘 음악대'와 '사막 민족 프레멘(소설 『듄(DUNE)』의 등장인물)'을 섞은 말장난을 치고 싶어서 직접 당나귀 분장까지 해놓고, 불평하는 쪽이 잘못이었다.

……어차피 이 세계에서는 그런 말장난을 알아줄 사람이 한 명도 없는데 말이다…….

*　*

경사가 한층 심해진 가도를 말에 끌려 나아가는 세 대의 마차. 역시 속도가 상당히 떨어져 있었다.

그렇게 마차가 커다란 바위를 돌았을 때…….

"멈춰라!"

몇몇 남자가 앞을 가로막았다.

((((응, 나오지, 그야…….))))

아무리 도적은 아니라도 이러면 나오는 게 당연하다. 상인인 척하는 정찰병이거나 마차 안에 무장한 병사가 숨어 있을지도 모르는 일이고, 아니면 식량을 팔아주면 좋겠다 등 여러 가지 이유가 있을 테니까.

"무, 무슨 일입니까! 저희는 그저 여행 중인 행상인입니다만……."

놀랍게도 상인들이 연기를 꽤 잘했다.

'배우 같네……. 아니, 여기서는 『상인 씨, 무서운 아이!』라고 해야 했나…….'

그리고 늘 그렇듯이 혼자 아무래도 좋은 생각을 하는 마일.

"여긴 뭐하러 온 거냐!"

"행상인이니까 당연히 행상하러 온 것 아니겠습니까……."

"윽……."

지극히 당연한 대답에 말문이 막히다니, 바보인가…….

하지만 말문이 막힌 것은 잠시일 뿐 바로 정신을 차렸다.

"아니, 이곳으로 이어진 가도는 군 병사들이 막고 있잖아! 그리고 왜 우릴 보고도 놀라지 않나!"

과연 군은 길옆에 주둔하고 있고, 이 남자들은 짐승 얼굴, 그러니까 수인이었다. 하지만…….

"그 병사들은 불법행위를 하러 가는 사람들이 있나 감시하는 듯하던데요. 저희랑은 아무 상관이 없어요. ……그리고 수인 여러분을 보고 왜 놀라야 하죠? 저희의 상품을 수인 여러분도 사주시길 바라는데요? 평범한 손님을 상대로 일일이 놀라거나 하진 않잖아요?"

"으윽……."

차별 없이 수인을 상대로도 똑같이 물건을 팔아주는 상인, 이라는 점에서는 기쁘고 호감이 느껴지는 법이지만 지금 원했던 대답은 그런 게 아니었다.

"……짐칸을 확인한다?"

"네, 마음대로 하세요. 다만 상품은 벌써 팔아버려서 별로 남은 게 없지만……."

그렇게 짐칸을 확인하고 정말로 아주 조금의 물건밖에 없음을 확인한 수인들.

"운동과는 분명 담쌓았을 것 같은 빈약한 중년 남자랑 어린 소녀들, 그리고 거의 텅 빈 짐마차인가. 뭐, 적어도 병사는 아닌 것 같군……."

"잠깐, 당신! 그 『빈약한』이라는 단어가 수식하는 건 『중년 남자』 뿐이겠지?! 설마 『어린 소녀』 쪽도 수식하는 건 아니겠지?!"

레나가 이상한 대목에서 달려들자 몹시 당황하는 수인이었

다…….

"……저기, 남은 술, 우리한테 팔 수 없나?"

아무래도 이 수인은 '도적의 몫 빼놓기'라는 개념을 잘 모르는 듯했다. 뭐, 상인과 도적 이외에는 상관없는 부분이니 아는 사람이 더 적겠지만.

여기서 다음 도시에 도착할 때까지 도적에게 습격당할 확률은 낮다. 그리고 만약 습격을 당한다고 하더라도 '붉은 맹세'가 있는 한, 아무런 걱정이 없었다. 그래서 원래 이 상단은 '도적의 몫'을 준비할 필요가 없었지만, 상단의 상식이기 때문에 그냥 가지고 다닐 뿐이었다.

그래서 지금 수인들의 기분을 달래기 위해 술을 파는 것에는 아무런 문제도 없었다.

"판매용은 아닌데……. 뭐, 좋아요, 특별히 싸게 드리겠습니다."

싸게, 라고 했지만 멀리서 위험을 무릅쓰고 가져온 것이다. 특히 술은 병이 무겁고 잘 깨질 위험이 있어서 이윤율이 다른 상품에 비해 훨씬 높게 측정된다. 하지만 당연히 수인들도 그 정도는 알고 있어서, 상인이 제시한 가격을 기꺼이 받아들였다.

"그럼 저희는 계속 가겠습니다."

상인이 그렇게 말하자, 수인들에게 우호적인 상인을 소중히 대하고 싶었는지 아니면 술을 얻어 기분이 좋아졌는지, 수인들의 리더가 너그럽게 고개를 끄덕였다.

“뭐, 괜찮겠지, 가라!”

그렇게 손을 휘익휘익 내저으며 지시하는 수인에게 마일이 물었다. 아무 일도 아니라는 듯이, 아주 자연스럽게…….

“……그나저나 유적 발굴 쪽은 순조롭나요?”

“아니, 골렘이 방해를…….”

“…….”

““…….””

“““““…….”””””

“네, 네가 그걸 어떻게 알아?!”

물론 마일 일행의 목적은 그저 문제없이 이곳을 지나가는 것이 아니었다. 아무 정보도 얻지 못하고 그냥 통과하기만 해서는 아무런 의미도 없다. 그럴 거였으면 차라리 병사들의 이야기를 들은 후 그길로 귀환하는 편이 훨씬 낫다.

다시 마차 앞을 가로막은 수인들.

“네놈들, 정체가 뭐야! 어떻게 유적에 대해 알고 있어?! 뭘 어디까지 아는 거냐!”

그 숲의 유적 때와는 달리, 아인들이 이곳에서 뭔가를 하고 있다는 사실은 이미 인간들에게 알려져 있었기 때문에 수인들과 만났다는 사실 자체는 아무런 문제도 아닌 듯했다. 그래서 군대와 무관한, 인축무해한 존재라고 판단한 시점에서는 건드릴 생각이 없었던 듯한 수인들이었는데, 유적에 대해 알고 있으니 사정이 달라진 모양이었다.

"아니, 별로……. 그냥 수인과 마족이 고룡의 지시로 각지의 유적을 발굴 조사하고 있다는 거랑 고룡들이 목적을 현장의 여러분에게는 그걸 알려주지 않았다는 거랑, 선사문명에 대한 거랑, 고룡 중에 말단이 연락책을 맡아 종종 찾아온다는 거랑, 뭐 그 정도밖에 모르는데요……."

"너무 많이 알고 있잖아아아아아아!"

……폭발했다.

자기가 아는 내용 전부 그리고 그 이상을 아는 듯한 인간종 상인 일행을 그대로 지나가게 둘 리가 없다.

"정체가 뭐야! 순순히 불지 않으면……."

"아니, 그러니까 아까부터 솔직하게……. 어떤 때는 행상인과 그 호위, 또 어떤 때는 행상인과 그 호위, 그리고 어떤 때는 행상인과 그 호위. 그런데 알고 보니 그 정체는! 행상인과 그 호위!"

"다 똑같잖아아아아아!"

마일에게 맡겨서는 이야기에 진척이 없어서, 메비스가 옆에서 끼어들었다.

"행상인과 그 호위입니다."

빠직!

"시끄러워어어어어! 네놈들, 이쪽으로 따라와!"

아무래도 현장으로 데려갈 모양이었다.

((((럭키!))))

표정은 진지했지만, 속으로 회심의 미소를 짓는 '붉은 맹세' 일행.

상인들은 씁쓸하게 웃고 있었다.

원래는 연구만 하거나 사무를 보던 사람들이다. 일단은 국가 기관에서 일하는 사람들로 나름의 각오를 하고 이 일에 나오긴 했을 테지만, 도저히 제대로 된 전투 실력을 갖추었다고는 보기 힘들었다. 그러나 그들 얼굴에서는 겁에 질리거나 후회하는 모습은 조금도 찾아볼 수 없었다.

처음부터 일이 이렇게 되리라는 것쯤은 예상하였고, 그래도 괜찮다며 제도의 여인숙에서 이미 논의를 마쳤다. 안 그랬으면 천하의 '붉은 맹세'라도 본인들의 의사에 반해 멋대로 위험한 일에 뛰어들진 않을 것이다. 이는 서로 원하는 바가 일치하여 성립된 공동 작전이었다.

그리하여 수인들을 따라 찾아간 유적 발굴 현장.

하지만 말이 발굴 현장이지, 그 숲의 발굴 현장처럼 '파고 있어요! 발굴하고 있습니다!' 하는 느낌이 아니라, 바위 터에 구멍 같은 것이 있고 그곳에서 꽤 떨어져 있는 곳에 대형 텐트 몇 개와 급조해서 허술하기 짝이 없는 오두막이 있을 뿐이었다. 다들 구멍에 들어가 작업 중인 걸까…….

레나와 폴린이 그렇게 생각하고 있는데.

“다른 사람은 저 안에서 작업을?”

메비스가 대놓고 그렇게 묻고 말았다.

“…………….”

그 질문에 벌레라도 씹은 표정을 짓는 수인들.

그때 마일이 추가 공격을 날렸다.

“골렘이 방해해서 그렇게 못하고 있지요?”

“뭐?! 너희, 도대체 어디까지…….”

아까부터 같은 말만 반복하고 있다. 이야기에 전혀 진척이 없어서 마일 일행은 조금 질렸다.

“아니, 아까『골렘이 방해를』하고 말했잖아요. 그러니까 아직 골렘을 배제하지 못했다는 뜻이고, 적대 행위를 하는 골렘의 소굴이 있는 유적을 조사할 수 있을 리가 없잖아요? 본인 입으로 알려줘 놓고『어디까지 아느냐』고 물어도…….”

“윽…….”

으으으, 하고 분한 표정을 짓는 수인.

하지만 적도 아닌 연약한 인간 소녀를 때리는 짓은 자긍심 강한 수인 전사로서 도저히 할 수 없었다. 그래서 가만히 이를 갈 수밖에 없었다.

“마일, 너무 짓궂게 굴지 마. 그래서는 이야기에 진척이 없잖아.”

여기서 ‘붉은 맹세’의 양심, 메비스가 끼어들었다. 역시 마음씨 좋은 리더만 할 수 있는 일이다.

“대신 사과드립니다……. 그런데 이미 아시다시피 저희는, 이랄까 인간 측은 여러분의 사정을 알고 있습니다. 그리고 저희는 이곳, 제국의 관계자가 아닙니다. 다른 나라에서 장사하며 돌아다니는 여행 중이어서, 여러분과 이 나라 사람들의 일과는 전혀 상관이 없어서요……. 하지만 이렇게 연을 맺었으니 서로가 알고 있는 정보를 교환할 수 있다면, 피차 조금은 이익이 되지 않을까 싶은데……."

메비스의 말에 조금 안정을 찾은 수인들.

어차피 자신들에 대해 이미 대부분 알고 있으니 보여준다고 곤란할 일도 없었다. 반면 상대측이 다 알고 있는 이유라든가, 제국 측의 상황이라든가, 여러 가지로 도움이 되는 정보를 얻을 수 있을지도 모른다. 지금은 일단 이야기를 수락하는 게 상책이다, 하고 생각하는 게 보통이다.

"……알았다. 이야기를 들어보지."

그리하여 마일이 베레데테스와의 일을 설명하고 이웃 나라 티루스 왕국에서 주지하고 있음을 전하자 수인들은 깜짝 놀랐다.

'붉은 맹세'를 공격하기 위해 베레데테스와 함께 왔던 고룡 세 마리의 일로 미루어볼 때 고룡들 사이에서는 정보를 공유하고 있으면서, 현장 아인들에게는 알리지 않은 모양이었다.

뭐, 작업 내용이나 대응을 지시하는 상사가 상황을 파악하고 있다면 굳이 현장 작업원들이 모든 정보를 다 알 필요는 없을지도 모르지만…….

생각해보면 유적과 관련한 두 번째 사건, 마족과 있었던 일 때도 마족들은 처음 사건에 대해서 아무것도 몰랐었다.

한편 여기는 역시 담당 연락책이 다른 모양인지, 수인들은 베레데테스라는 이름을 모르는 눈치였다. 최근에 담당자가 바뀌었다면서 뭐라고 이름을 알려주긴 했는데, 처음 듣는 이름이었다.

뭐, 어차피 고룡의 이름은 그때 처음 만난 세 마리, 베레데테스와 어린 견습생 그리고 고룡 소녀밖에 모르지만…….

수인들의 설명도 마일이 다 예상했던 대로여서 새로운 정보는 없었다.

기껏해야 '골렘이 있어서 구멍 안에 못 들어간다. 좁고 어두운 구멍 안에서 골렘에게 포위되면 끝', '구멍 밖에도 골렘이 활발하게 활동하고 있어서, 다른 자들은 그 골렘들을 사냥하기 위해 다 나가고 없다'는 사실 정도였다.

"무슨 영문인지 우리가 공격받아 대응하려고 하면 그 시점에서 물러가 버리니까 사망자는 나오지 않는데 말이지. 그래서 마족들이 치유마법을 걸어주는데, 치유마법이라고 만사 해결되는 게 아니니까. 한 번에 완쾌되는 것도 아니고, 내장이라든지 타격을 받으면……. 뭐, 골렘은 흉기를 쓰지 않으니 팔다리가 날아가거나 하는 일은 별로 없지만……."

과연 자신의 육체를 자랑스럽게 여기는 수인 전사들 처지에서 봤을 때 회복 불가능한 부상과 손이나 발을 잃어 평생 싸우지 못하게 되는 것은 몹시 괴로운 일일 것이다.

하지만 골렘을 상대로 싸우면 팔다리가 으스러지는 등 잘리는 거나 별다르지 않은 사태가 수도 있고, 공격 한 방에 즉사하는 것도 그리 드문 일은 아닐 터였다.

하지만 그런데도 아무래도 이곳 수인과 마족 '아인'은 사망자와 중상자가 나오지 않은 듯했다.

……상당히 오랜 기간, 골렘들의 소굴을 공격하고 있음에도 불구하고.

'……이곳 골렘들한테는 인간종에게 힘 조절을 하란 지시가 내려졌나? 그렇다는 건 그걸 지시하는 능력과 권한을 지닌 존재가…….'

그렇게 생각하니 이대로 물러갈 수 없다고 마일이 생각하는 건 당연했다.

"그럼 구멍에 들어가 봐요!"

""""""""뭐어어어어어?!""""""""

깜짝 놀라는 상인과 수인들. 그리고 그럴 줄 알았어, 하며 포기했다는 얼굴인 레나 일행.

마일이 있는 것이다. 그러니 일이 그렇게 될 건 뻔했다…….

*　*

"그럼 들어갑니다……."

수인들의 필사적인 제지를 무시하고, 구멍에 들어가기를 포기하지 않는 마일. 물론 레나 일행도 동행했다.

마일 일행이 구멍에 들어가 어떻게 되든지 간에 수인들에게는 아무런 영향도 없겠지만, 그래도 소녀들이 사지로 향하는 것을 보고도 그냥 놔두는 것은 자신들의 방침에 어긋나는지, 열심히 말리고 들었다. 생각보다 나쁜 자들은 아닌 걸까…….

하지만 마일 일행의 행동을 막을 권한이 있는 것도 아니고, 우격다짐으로 말리려고 구속한다면 그건 명백한 범죄행위가 되고 만다.

그래서 '소녀 네 명이 수인들에게 공격당했다는 소문이 퍼져도 괜찮아요?' 하는 말을 듣고 나서는 더는 간섭할 수 없게 되었다. 역시 수인들은 명예라든지 그런 것을 신경 쓰는 듯했다.

상인들은 여러 가지로 생각했을지 모르나 결국 아무 말도 하지 않았다.

그리하여 마일 일행은 상인들에게 '만약 자신들이 돌아오지 않으면 제도로 돌아가 그곳에서 다시 호위를 고용해 귀국하라'고 말해두었다. ……그런 일이 일어날 확률은 몹시 낮은, 아니 거의 없겠지만…….

호위 임무 도중이긴 하나, 이것 역시 '제국에 관한 조사의 일환'으로 상인들의 양해를 얻었기에 문제없었다.

그리하여 마법으로 등불을 밝히고, 어두컴컴한 구멍으로 들어가는 '붉은 맹세'였다.

"이제 한 500m 정도 걸었으려나……."

"아직 300m 정도예요."

이 구멍은 지하까지 일직선으로 쭉 내려가는 것이 아니라 완만

한 경사가 있어서, 계단이나 사다리는 필요 없었다. 그래도 산을 오르는 건 아니니까 '땅속을 파고드는' 건 다르지 않았지만…….

레나는 감각적으로 이미 많이 걸었다고 생각했는데, 마일이 걸음 수를 알려주며 딱 잘라 그 생각을 부정했다. 뭐, 어두운 동굴을 걷는 것이니 그런 착각이 드는 건 어쩔 수 없으리라.

그렇게 한참 더 걸어 내려간 일행은…….

"단체네……."

골렘 여섯 마리에게 포위되었다.

하지만 마일 일행은 별로 걱정하지 않았다. 수인들의 이야기를 통해, 이곳 골렘은 웬만하면 아인들을 죽이지 않고 배려한다는 사실을 알고 있었고, '붉은 맹세'의 외모는 별로 강해 보이지도 않았으니까. 게다가 마일 일행은 먼저 공격할 생각이 없었다. 어디까지나 이곳에 온 목적은 '조사'에 지나지 않기 때문이다.

또 마일이 모두에게 낙관적으로 설명한 이유는 물론 나노머신을 이용한 상대와의 의사소통이 가능하기 때문이다.

지난번에는 그 말단 장치뿐 아니라 스캐빈저와도 소통할 수 있었다. 그리고 골렘은 자신의 관장 범위를 넘은 사태가 일어나면 스캐빈저를 부르는 듯했다. 그러니 골렘을 일방적으로 공격하지 않는다면, 제1접촉(first contact)를 도모할 수 있을지도 몰랐다.

그리고 만약 그렇지 않더라도 '붉은 맹세'라면 달아나는 것 정도야 가능하리라.

마일은 이런 일도 있을까 싶어, 지난번에 대량으로 내줘 얼마 남아 있지 않던 고철을 아이템 박스에 넉넉하게 보충해두었다.

“자, 짹짹짹짹…….”

“아니, 참새가 아니라니까…….”

레나의 지적은 패스하고, 아이템 박스에서 고철을 꺼내 골렘 쪽으로 내미는 마일. 그러자 멈춰 서서 그것을 물끄러미 바라보는 골렘. ……지난번과 완전히 똑같은 패턴이었다.

그리고 얼마 후 스캐빈저가 등장했다.

고철을 본 후 마일 일행을 빤히 응시하고는 대수롭지 않다는 듯 고철을 쥐고…….

“어라? 저번보다 반응이 별로네? 별로 안 고맙나? 부러진 검이랑 구멍 난 냄비보다 철의 품질이 더 안 좋은 건가?”

마일이 그렇게 말하고 있는데 갑자기 스캐빈저가 이상한 움직임을 보였다. 그러더니 몇 초간 가만히 있는가 싶더니, 갑자기 사각사각 초조한 투로 다시 움직이기 시작하며 골렘들에게 뭐라고 지시를 내리는…… 것처럼 보였다.

아니, 말을 한 것도 몸동작으로 지시한 것도 아니지만, 스캐빈저의 거동이 달라진 순간 골렘의 행동에 변화가 나타났으니 그렇게 생각하는 게 타당할 것이다.

그러더니 골렘들이 위치를 바꾸었다. 마일 일행을 에워싸는 진형에서, 세 마리가 통로 안쪽 그리고 나머지 세 마리가 입구 쪽으로, 각각 애로 헤드(화살촉) 모양으로…….

“마, 마일, 이거…….”

“네, 호위 진형이거나, 아니면…….”

“아, 아니면?”

"……앞뒤를 막은, 『절대 달아날 수 없는 진형』?"

"""""……."""""

그리고 스캐빈저를 따라 안내받듯 안으로 들어가는 '붉은 맹세'.

잠시 뒤 도착한 곳은…….

"……대장간?"

레나 일행에게는 그렇게 보이겠지만…….

"공장?"

마일 눈에는 그렇게 보였다.

레나 일행은 금속이 가공되며 불꽃을 튀기는 장소를 가리키는 단어로 '제철장'이나 '대장간' 말고는 떠올리지 못한다. 그것 이외의 금속 가공 설비를 본 적도, 들은 적도 없기에.

하지만 이건 분명 '대장간' 수준이 아니라 훨씬 고도의, 요컨대 '공장'이었다. 그것도 마일 일행이 예상한 것처럼 골렘을 수리하고 만들기 위한 소규모가 아니라, 훨씬 대규모…….

이번에도 저번처럼 '살아남은 제어 시스템'이 있는 곳으로 데려가나 싶었던 마일은 예상을 뒤집는 전개에 무심코 질문하고 말았다.

'……나노, 나노가 여기에 데려오라고 지시했어?'

【아니요, 이번에는 아직 저쪽과 한 번도 접촉하지 않았습니다. 마일 님이 자유롭게 행동하시는 데 방해가 되어서는 안 된다고 판단하여…….】

'아, 그래, 고마워. 그렇게 해준다면 나야 고맙지. ……그런데 지금 상황이 뭔지 추측은 가능해?'

어쩔 수 없다. 이대로라면 아무것도 모르기 때문에 여기서 나노머신을 의지하는 것은 어쩔 수 없는 일이다!

그렇게 스스로 정당화하는 마일이었다.

【네, 마일 님도 짐작하시겠지만, 이곳 역시 남겨진 유적 중 하나입니다. 그리고 수리 담당 스캐빈저, 방위 담당 골렘, 건조 중인 저 기계들……. 이곳에는 지난번 말단 장치 같은 것은 없고, 스캐빈저의 판단으로 활동하는 듯합니다.】

'엥? 그럼 아인들한테 왜 안이하게 구는 거야? 보통 골렘의 서식지에서는 적을 아무렇지 않게 죽이잖아? 게다가 우리한테 이 특별대우는 또 뭐고…….'

【듣고 싶습니까?】

'뭐?'

【듣고 싶습니까?】

'……드, 듣고 싶, 습니다…….'

어쩔 수 없이, 나노머신에게 사정 확인을 부탁해버린 마일.

【……부하입니다.】

'엥?'

【……부하입니다. 이 유적과 유적에 있는 스캐빈저와 골렘 모두, 마일 님의 부하입니다.】

'아니, 대체 무슨 소릴 하는 거야! 좀 더 알아듣기 쉽게 말해!'

마일이 혼란스러워하자, 다시 차근차근 설명에 나서는 나노머신.

【그 유적에서 마일 님은 '관리자'의 권한을 물려받으셨지요?】

'그, 그랬지……. 그 기계 지성체들이 조금이라도 보람이랄까, 심리적 안녕을 줄 수 있다면 좋겠다는 생각에……'

【그 의도는 충분히 반영되었습니다.】

'그래? 다행이네…….'

【그리고 몇 가지 제한을 없애주신 덕분에 그들의 행동반경이 넓어졌고, 기능이 정지되었던 다른 유적으로 수리대를 파견하여 현지에서 스캐빈저를 증산해 유적의 기능 복구를 시작했습니다. 이곳도 그중 하나입니다. 그래서…….】

'그, 그래서……?'

왠지 불길한 예감이 들기 시작한 마일.

【이곳도 당연히 마일 님의 관리하에 들어가게 되었습니다. 마일 님이 이곳의 지배자입니다.】

"역시이이이이이~~!"

불길한 예감은 잘 들어맞는 마일이었다…….

'그럼 이 유적은…….'

【네. 지금껏 기능이 완전히 정지되어 있었는데 최근에 스캐빈저에 의해 활동이 재개된 곳입니다. 그래도 기계 장치류는 대부분 녹슨 고철 덩어리로 쓸 수 있는 게 하나도 없었을 테니 거의 제로부터 다시 지어야 하겠지요. 아직 현지 증산된 스캐빈저와 방위용 골렘이 갖춰진 단계일 뿐, 이 유적 자체의 복구 등은 시작하지 못하고. 현재는 복구 활동을 위한 기계를 만들고 있는 단계인 듯합니다.】

'ㅇㅇㅇ…….'

【그리고 조금 전, 마일 님의 외모와 성문(聲紋)을 통해 마일 님의 존

재를 알아차렸는지, 생체 패턴 조합 등을 거쳐 '관리자'라고 확인, 서둘러 이곳으로 안내한 것입니다. 그리고 뭔가 지시를 내려주면 좋겠다고 생각하고 있습니다.】

'아, 그런가, 그때 내가 내린 명령을 따라 행동하는 스캐빈저가 여기에 와서 자신들을 복제하고 있어서, 다들 그 지시를 이어받고 있다는 건가! 그래서 웬만하면 인간종이랑 아인들에게 위해를 가하지 않으려고 배려하고 있구나. 침입자를 내쫓는 정도로만 하고…….'

사실은 유적을 지키기 위해서라면 좀 더 적극적으로 싸워도 된다는 생각으로 지시했던 것인데, 아마도 방위에 아직 여유가 있어 계속 안이하게 대응했던 것이리라. 지금보다 더 궁지에 내몰린다면 그때는 진심으로 나올지도 모른다. 그때까지 지어놓은 방위 기구를 사용해서…….

'그럼 현재 상황은 골렘이 원래 서식하지 않았던 장소에 갑자기 나타났고, 유적과 골렘의 관계를 아는지 어떤지는 모르겠지만 유적을 조사하려고 하던 자들과 우연히 마주쳤거나, 아니면 죽어버린 유적이었는데 골렘이 나타났기에 재조사에 들어갔거나 둘 중 하나려나…….'

"……일, 마일!"

"아……."

레나 일행이 작업 현장에 넋이 나가있던 동안 나노머신과 대화하던 마일이었는데, 어느새 레나 일행이 정신을 차린 듯했다.

"너, 너무 놀란 거 아냐?"

마일도 눈앞의 광경에 놀라서 굳어 있다고 생각했는지 레나가 그렇게 말했는데, 그것도 무리는 아니다. 이곳은 전에 봤던, 소규모 골렘 수리 장소와는 완전히 달랐다.

지난번에는 비유하자면 '종업원 몇 명이 하는 소규모 공장'이었다. 직원 몇 명이 대 위에 있는 기계제품을 수리하는 느낌이랄까……. 반면 지금 마일 일행의 눈 앞에 펼쳐진 것은 훨씬 대규모였다.

대공장까지는 아니더라도 다소 넓은 장소에 60개체가 넘는 스캐빈저가 커다란 원통 모양의 뭔가를 몇 개 만들고 있었다. 지름 3~4m, 길이는……나중에 연결하겠지만, 하나하나가 몇 미터 정도여서 완성품이 얼마나 길지는 아직 알 수 없었다.

그리고 그 작업 현장과 마일 일행이 지금 있는 장소는 투명한 벽으로 구분되어 있었다.

레나 일행은 단순한 유리인 줄 알겠지. 이렇게 크고 투명도 높은 유리는 아직 이 세계의 기술로는 만들 수 없을 테지만 유리라는 것을 알고 있는 레나 일행은 굉장하다, 고는 생각하더라도 이상하게 여길 정도는 아니었다.

……사실 그것은 유리가 아니었지만…….

"그, 그야, 놀라죠, 보통은!"

당황해서 대충 얼버무리는 마일이었지만, 새삼스러웠다. 레나도 말은 그렇게 했지만, 마일이 정말로 자신들 이상으로 놀랐을 거라고는 생각하지 않았다. 언제나 이럴 때 제일 냉정한 사람이고, 지금도 이마에 주름을 만들며 어렵다는 표정으로 골똘히 생각에 잠겨 있었지, 레나 일행처럼 입을 쩍 벌리고 눈을 커다랗게 뜨고 있던 것도 아니었다.

"그럼 잠깐 상황을 확인할게요……."

마일이 그렇게 말했지만, 다들 이제는 그 정도에 놀라거나 하지는 않았다.

아무래도 지난번 일로 레나 일행은 '마일은 마물 조련사(테이머)와 같은 능력을 가지고 있어서 인간종처럼 지적 생물이 만들어냈다는 마법 생물과 어느 정도 소통할 수 있다'라고 생각하는 듯했다.

아니, 이 세계에는 '마물과 소통할 수 있는 마물 조련사' 같은 존재가 없지만, 복슬복슬한 것과 짐승을 좋아하는(케모너) 복면작가, 미야마 사토데일 선생의 작품에 숱하게 등장하는, 꿈과 동경의 직업이기 때문에 실재하지 않음에도 불구하고 그게 무엇인지 알고 있는 자가 아주 많았다.

'그럼 나노, 통역을…….'

이번에는 지난번의 말단 장치 같은 것이 없었기 때문에 스캐빈저 중 하나에게 물어볼 수밖에 없었다.

하지만 말단 장치는 '특정용도 AI의, 예비의 예비의 예비'라도 일단은 '관리 시스템'이었던 반면 스캐빈저는 단순한 작업 기계에 지나지 않는다. 아무리 나노머신을 매개로 한다고 해도 과연 대화가 통할까…….

그렇게 생각하는 마일이었는데…….

【아, 이들은 마일 님의 말을 알아듣습니다.】

'응?'

【저번에는 마일 님 일행의 말이 통하지 않았지만, 자기들이 기다리고 또 기다려왔던 '관리자'가 나타났는데 언어 문제 때문에 그 지시를 직접 이해하지 못해 남의 통역에 의지해야만 했으니, 그 문제를 그냥 내버려 두진 않았겠지요.】

'제대로 옮겨지고 있는지 어떤지 모르니, 그건 싫겠지…….'

【그리고 이전에는 제한이 많아 인간종과의 접촉이 한정되어 있었습니다만, 마일 님 덕분에 지금은 인간종의 주거지역 가까이 가는 것도, 도시에 몰래 침입하는 것도 가능해졌습니다. 또 소재 입수도 쉬워져 자기들끼리 금속 채굴부터 정련까지 할 수 있게 되었습니다. 그래서 작은 벌레형 정보 수집기를 만들어 현재 쓰는 언어를 해석하는 것 정도는 간단히…….】

'초소형 스파이 로봇……. 뭐야, 무섭게……,'

관리자인 자신에게도 항상 정보 수집을 위한 스파이 로봇이 달라붙어 있는 것 아닌가. 그렇게 생각하니 왠지 조금 무서워진 마일.

【…….】

그리고 그 말을 듣고 초조해하는 나노머신.

초소형.

늘 대상에 달라붙어 있는 것.

모든 정보를 수집하는 것.

생각해보니 나노머신은 그러한 조건을 전부 완전히 만족하고 있었다.

【…………】

【그, 그그그, 그저 소리를 모으고 녹음하는 기능이 달린 도구라고요, 마일 님이 전에 말씀하셨던 'IC레코더'인가 뭔가 하는 것이 크기가 작아지고 날개랑 팔다리가 생긴 것뿐이라고요!】

'더 무서워!'

마일이 꺼림칙하다는 표정을 지었는데, 나노머신의 말에 바퀴벌레 같은 형상을 상상했지 그걸로 나노머신을 연상하지는 않았다. 그리고 마일의 그런 상태에 그 사실을 깨닫고 씨익 웃는 나노머신.

【계획대로…….】

'뭐라고?'

【아뇨, 아무것도 아닌데요?】

그리하여 옆에서 안내하는 스캐빈저에게 말을 거는 마일.

"내 말을 알아들어?"

끄덕

마일의 말에 고개를 크게 끄덕이는 스캐빈저.

상황을 확인하거나 관리자들의 지시를 받기 위하여 당연히 청음 기능은 있지만, 발성 기능은 필요 없어서 장비되어 있지 않았다. 하지만 정보 수집기로 인간종이 말없이 하는 의사 전달 수단,

그러니까 '손짓 · 발짓'은 마스터한 모양이다.

……사실 그건 옛날 관리자들을 대할 때도 필요한 기능이었고, 그들의 자손인 현재의 인간들이 쓰는 간단한 의미를 지닌 몸짓 역시 그때와 거의 다르지 않지만 말이다…….

【마일 님, 그들에게 말을…….】

그렇게 말해도 뭐라고 해야 좋을지 알 수 없었다.

'어쩌지……. 이상한 소리를 해버리면 큰일인데, 모두가 자신의 존재 의의를 자각하고 삶의 보람을 가질 수 있게 하는 무난한 말은…….'

이제 자신들의 오리지널을 만든 자들의 모습은 사라지고, 단지 복제만 반복하며 존재를 이어가기만 할 뿐인 피조물. 그런 그들에게 희망과 소망이 있을까…….

잠시 고민한 뒤, 마일은 스캐빈저에게 이렇게 말했다.

"당신들을 만든 인간의 기대에 부응해주세요. 그리고 이 세계를 지켜주세요……."

기묘하게도 그 말은 예전에 유적을 떠날 때 나노머신이 그 말단 장치에게 한 말과 흡사했다…….

*　*

"마일, 아까는 뭐였어……?"

출구로 향하면서 레나가 물었다.

마일의 마지막 말은 직접 소리 내어 스캐빈저에게 한 것이었기에 당연히 레나 일행에게도 들렸다. 그래서 그렇게 묻는 것은 당연했다.

"아, 아뇨, 그저 열심히 하는 이분들에게 격려의 말을……. 그런 섬세한 마음 씀씀이는 언젠가 저에게 다 돌아오는 법이잖아요?"

그렇다, 마일은 전생에서 파출소 앞에 서 있는 순경 아저씨에게 늘 감사 인사를 전했고, 공원에서 청소하는 아저씨에게도 말을 거는 아이였다. 남의 얼굴을 잘 기억하지 못하는 미사토지만 경찰관과 청소부 아저씨는 보자마자 알 수 있으므로 걱정 없이 말을 걸 수 있었다.

전생에서는 미사토가 괜히 남자에게 말을 걸면 성가신 일이 벌어질 가능성이 있어서, 그 이외의 사람에게 말을 거는 것은 여동생이 엄하게 금지했지만…….

"이 녀석들이, 대답을, 말이지……."

그렇게 말하며 눈앞에 있는 존재들을 쳐다보는 레나.

골렘 12마리, 스캐빈저 6마리.

"왜 늘어났을까……. 들어올 때라면 모르겠지만, 나갈 일만 남은 이 시점에……."

"수수께끼가 수수께끼를 부르네……."

그렇게 말하며 이상하다는 표정을 짓는 폴린과 메비스.

메비스의 말은 어느 작가가 잘 쓰는 상투어를 인용한 것이었다.

그리하여 출구 가까이에서 전위인 골렘 여섯 마리가 선행해 밖으로 나왔다. 아마 안전을 확보하기 위함이리라. 여섯 마리씩 남은 골렘과 스캐빈저가 진형을 새로 짜서 마일 일행을 보호하려고 이중 다이아몬드 진형을 형성했다.

"……뭐야, 마치 황제를 보호하는 진형(임페리얼 크로스) 같은 특별대우는……."

"뭐, 마일이니까……."

"마일이니까 말이죠……."

"아하하……."

레나의 어이없어하는 말에 모든 것을 포기한 듯한 메비스와 폴린, 그리고 웃음으로 얼버무리는 마일이었는데…….

"우옷!"

밖으로 나오니, 임전 태세의 수인과 마족들이 출구를 포위하고 있었다. 아무래도 나갔던 자들이 돌아온 모양이었다.

그리고…….

"젠장! 마물 놈들아, 소녀들을 놔줘!"

((((아~, 그렇게 되겠네~…….))))

먼저 나온 골렘 여섯 마리가 반원 모양으로 퍼져서 동굴 입구를 지키는 형태로 있었고, 그 안쪽에 조금 전 그대로 이중 다이아몬드 진형을 취했다.

이대로라면 전투가 시작될 것 같은 진형이었는데, 골렘 측은 먼저 적극적으로 싸움을 걸 생각은 없어 보였고 아인들은 '붉은 맹세'가 인질로 잡힌 형태였기에 역시 먼저 공격할 수 없어 교착 상태에 빠져 있었다.

하지만 언제까지고 계속 이렇게 서로를 노려보기만 할 수는 없는 노릇이었고, 극도의 긴장이 계속되면 그중 누군가, 정신적인 인내력이 약한 자가 참지 못해 일을 저지르게 될 것이다.

그리고 이런 경우, 먼저 못 참는 쪽은 틀림없이 골렘이 아닌 아인들 쪽이었다.

물론 마일 일행은 그렇게 될 때까지 가만히 기다릴 생각 따위는 없었다.

"음, 배웅해줘서 고마워! 그럼 원래 임무로 복귀해!"

마일의 지시에 고개를 끄덕이는 듯한 동작을 취한 후, 재빨리 동굴 안으로 다시 들어가는 스캐빈저와 골렘들.

""""""""""헉……."""""""""

그리고 당연히 입을 쩍 벌린 아인들과 그 뒤에서 걱정스러운 듯이 지켜보고 있는 상인들.

"너, 너너너, 너희들……."

"어, 어어어, 어떻게……."

""""""""""골렘한테 명령을 내릴 수 있는 거냐고오오오오오!!"""""""""

"아뇨, 딱히 명령한 건 아닌데……. 그들은 자기들이 사는 곳을 지키고 있을 뿐이고, 이쪽에서 선공하거나 멋대로 침입하지만 않으면 꽤 우호적이고 느낌 좋은 존재들인걸요?"

""""""""""그럴 리가 있냐고오오오오오~~!"""""""""

"'그야 그렇지…….'"

마일의 설명을 아인들이 부정하자, 레나 일행은 당연한 반응이라며 납득했다.

이대로라면 이 사이클이 영원히 이어질 것만 같았다.

그래서 어떻게 해야 좋을지 고민하고 있는데…….

"오오, 왔나!"

수인 하나가 그렇게 말하며 하늘을 올려다보자 일제히 그 방향으로 고개를 돌리는 아인들.

……그렇다, 뭔가가 오고 있는 것이다. 푸드덕푸드덕, 공력적으로 명백하게 그것만으로 날 수 있을 거란 생각은 들지 않는 날갯짓을 하면서 하늘을 날아…….

"아~, 올스타 캐스트다……."

그리고 마일이 중얼거린 말은 완전히 무시당했다.

"우리에게는 고룡님을 부르는 방법이 있지. 별일도 아닌데 함부로 남용해선 안 되지만, 이번엔 어쩔 수 없었다. 우리보다 더 자세히 아는 인간이 나타났으니 말이야, 고룡님이 그 진위를 확인하시고 판단을 내려주시는 수밖에 없어……."

하긴 그건 납득이 가는 설명이었다. 특히 메비스, 레나, 폴린의 입장에서는 오랜만에 듣는 '마음이 놓이는 일반적인 설명'이었던 것이다…….

그리하여 고룡이 마일 일행의 바로 옆에 내려앉았다.

바람이 너무 세게 불지도 않고 모래 먼지가 날리거나 하지도 않았기 때문에, 역시 단순히 공력적 작용만으로 나는 게 아니라 마법이 작용하는 듯 보였다.

『긴급 호출을 하다니, 무슨 일인가! 어떤 문제가 발생했느냔 말이다!』

착륙하자마자 그렇게 화를 내며, 조금 언짢은 듯하면서도 걱정스러운 태도로 모두를 노려본 고룡의 시선이 한 곳에서 그대로 멈췄다.

움찔

부비적 부비적.

순간 몸을 떤 후, 앞발로 눈을 부비고 킁킁 냄새를 맡고, 그대로 경직…….

다들 아무 말 없는 상태로, 영원 같기도 한 십여 초가 지나가고…….

『마일 님이 아닙니까! 여기서 다시 만나 뵙다니, 이런 우연이 다 있군요! 아, 아니면 혹시 마일 님이 저를 부르신 건지? 그럼 뭐든지 분부만 내리십시오!』

“““““““““뭐야, 저게~~!”””””””””

아인, 상인, 다 함께 태클!

당연하다. 언제나 거만한 태도로 일관하는 고룡이 어린 인간 소녀에게 마치 잔심부름이나 하는 사제처럼 저자세로 나오니, 믿어질 리가 없었다.

그리고 그건 마일 일행도 마찬가지였다.

“……누구?”

이상하다는 듯 마일이 묻자 고룡은 어리둥절한 표정을 지었다.

『접니다, 저!』

그렇게 말해도 무리다. 같은 종류의 물고기나 새의 얼굴을 구분해보라고 해도 무리인 것과 같이, 고룡의 얼굴 구별이 될 리가 없다.

『저요, 케라곤이라고요!』

"……아니, 그러니까, 그게 누구?"

자신을 기억하지 못하는 것이 너무나 뜻밖이었는지, 조금 욱한 듯한 고룡.

『아……, 그러고 보니 그때 이름을 말씀 안 드렸었나……. 저예요, 그때 제 꼬리를 도로 붙여 주셨었죠…….』

""""아아!""""

그제야 생각난 '붉은 맹세'.

『이제 기억이 나신 모양이군요. 그런데 이번에는 무슨 일로?』

그렇게 물어도, 용건이 있어서 고룡을 부른 것은 자신들이 아니다. 그래서 아인들 쪽을 쳐다보는 '붉은 맹세'였는데…….

아인들은 모두 입을 쩍 벌리고 아연실색한 채 서 있어서 영 못 쓸 것 같았다.

""""그렇겠지~…….""""

그리고 마일은 생각했다.

'드래곤 케라곤? 좀 더, 어떻게 할 순 없었을까……. 그리고 드래곤계에도 DQN 네임, 키라키라 네임(젊은 부모가 아이 이름을 이색적으로 짓는 것) 같은 게 존재하는 걸까…….'

* *

『그렇게 된 거였군요…….』

마일이 꼬리 없……케라곤에게 상황을 설명하자 바로 이해해 주었다.

"응, 그래서 여기에는 옛 유적이랄까, 자료와 기계 같은 게 하나도 없었나 봐. 그냥 지하 공간이랑 녹 덩어리들만 남아 있었을 뿐. 그곳에 찾아온 스캐빈저가 골렘을 만들고, 다른 것들도 만들고 있는 모양인데, 고룡들이 찾고 있는 건 그런 게 아니라 뭐랄까, 아주 먼 옛날부터 남아 있는 것이라든지 기록 같은 거잖아?"

마일의 말에 고개를 끄덕이는 케라곤.

"그럼 아인들을 스캐빈저와 골렘과 싸우게 해서 적대할 필요는 없잖아? 아인들 쪽에 희생자만 나올 뿐이고, 자칫 잘못하면 고룡과 아인들을 적으로 보는 인식이 대륙 전체의 스캐빈저와 골렘들 사이에 퍼질지도 모르는데? 그렇게 되면 유적 조사가 상당히 힘들어지지 않을까?"

『윽…….』

"그리고 그 책임을 너한테 묻는다거나……."

『으으윽…….』

"이 세계가 멸망하는 원인이……."

『으아아아아아악!』

"에이, 너무 그렇게 괴롭히지 마!"

메비스가 그렇게 말하며 마일의 머리를 가볍게 톡톡 때렸다.

“고룡들에게도 도움의 손길을 내밀다니, 참으로 멋진 기사도 정신…… 이랄까, 대담하구만!”

에헤헤 웃는 마일과 메비스를 바라보면서 어이없어하는 아인들.

아니, 그도 그렇겠지. 인간이 보면 반쯤 신 같은 고룡에게 잔소리를 늘어놓는다거나 ‘그만 봐주지 그래’ 같은 뉘앙스를 풍기는 말을 하는 것은 상상도 못 할 일이다.

……아니, 그렇게 말하자면 고룡이 잔심부름이나 하는 사제처럼 몸을 낮추며 대하는 인간이 존재한다는 것 자체부터가 애당초 이상하지만…….

“그, 그럼 이 사람들이 하는 말은…….”

『그래, 전부 사실이다. 이들의 나라에는 우리의 활동이 이미 알려져 있고, 이들은 그중에서도 특히 우리와 관계가 깊은, ……말하자면 나의 은인이니라. 이곳은 ‘꽝’이라고 보고 철수, 다른 후보지를 탐색 및 조사하라.』

아인들에게 급 위엄 있는 말투로 말하는 케라곤이었지만, 이미 늦은 감이…….

“아, 그런데 케라곤 씨는 전투부대 소속이 아니었나요? 왜 신입 베레데테스 씨랑 같은 일을?”

마일이 아무 생각 없이 던진 질문에 어깨가 조금 처진 듯 보이는 케라곤.

『……인간 네 명, 그것도 여자에게 퇴통 당하고 도망친 고룡 세

마리잖아? 내 입으로 말하게 하지 말라고오오~~~~!』

“““““미안합니다…….”””””

『그나저나 곤란하게 됐구만…….』

“음, 무슨 일이 있나요?”

케라곤이 화제를 바꾸었는데 아무래도 그리 좋은 내용은 아닌 듯했다.

마일이 걱정스러운 듯이 묻자…….

『아니, 이번 일도 당연히 지도자에게 보고해야 해서. 지도자의 명령으로 하던 활동이니까. 그리고 또 너희의 이름을 들으면 지도자가 어떻게 생각할지…….』

“““““아~…….”””””

지난번 일만으로도 두 번에 걸쳐 고룡을 물리쳤으니, 성미 급하고 어리석은 자라면 즉시 다음 징벌대를 보내도 이상하지 않았다. 아마 다른 고룡들이 필사적으로 설득해서 말려주었으리라.

하지만 세 번째가 되면…….

아니, 딱히 이번에는 고룡을 격퇴한 것은 아니지만.

그리고 유적 조사를 방해한 것도 아니지만, 이후로 아인들로부터 조금 전 스캐빈저와 골렘들의 '붉은 맹세'를 대하는 태도를 보고받아 그걸 그대로 전달하면 '지도자'가 어떻게 생각할지, 예상이 안 되는 것도 아니었다.

그리고 케라곤에게도 임무랄지 지켜야 할 의무가 있어서 지난번 같은 거래로 '개인적으로 적대하지 않겠다'라는 약속 정도라면 모를까, 자기 부족 지도자와 족장, 장로들에게 허위 보고를 할 수는 없는 것이다. 고룡으로서의 자긍심 등 여러 가지 사정이 있을 테니까…….

"으~음, 어쩔 수 없네요……. 그리고 어차피 언젠가는 올, 피할 수 없는 중간 보스니까요……."

"중간 보스?"

"중간 보스라고?"

"중간 보스 취급하는 거야? ……뭐, 그럼 그 정도려나. 마일이니까……."

마일이 중얼거린 말에 그리 놀라지도 않는 폴린, 메비스, 그리고 레나.

'중간 보스'라는 개념은 물론, 신진기예인 모 유명 작가의 작품 덕분에 이미 이 대륙에 넓게 퍼져 있었다.

""""""""""중간 보스…….""""""""""

그리고 왠지 아인들 사이에서도 모 작가의 오락 소설은 널리 알려진 모양이었다.

"여러분이 사는『고룡 마을』인가 하는 곳은 어디에 있나요?"

『여기서 남동쪽으로 좀 더 가면 있는데?』

""""""""""헉?""""""""""

마일이 대수롭지 않게 한 질문에 케라곤이 그렇게 답하자 '붉은 맹세'가 깜짝 놀라 소리쳤는데, 나머지 사람들, 그러니까 아인과 상인들은 별로 놀라지 않았다.

절해고도에 사는 것도 아닌 이상, 수천 년이나 같은 곳에 많은 고룡이 살고 있는데 그곳을 아무도 모를 리가 없다. 목격 사례가 많은 지역, 날아간 방향, 그리고 이따금 고룡이 소원을 이루어준다거나 드래곤 버스터의 칭호를 동경해서라는 이유로 고룡의 서식지를 찾아 돌아다니는 자 등도 있을 테니까.

그래서 고룡 케라곤의 대답에 놀란 것은 '고룡 마을'이란 것을 숨겨진 비밀 마을쯤으로 여겼던 레나 삼인방과 설마 그렇게 가까이에 있을 줄은 몰라 허를 찔린 마일, 총 네 사람뿐이었다.

"여, 여기서 남동쪽이면, 바다랑 비교적 가깝지요?"

『응, 가깝지.』

마일이 굳은 얼굴로 확인하자 태연하게 대답하는 케라곤.

"제국에 있었던 건가요, 『고룡 마을』이……."

과연 그 위치라면 해안선을 따라 북상해 티루스 왕국으로 들어가면 '붉은 맹세'가 베레데테스 무리를 처음 만났던 숲이 나오고, 바다를 건너 동북동쪽으로 가면 케라곤 무리를 만난 나라가 나온다. 별로 이상한 점은 없다. 그리고 아직 개척되지 않은 험준한 산악지대가 많은 이 나라는 듣고 보니 이 근방에서 제일 '고룡이 살고 있을 것 같은 나라'였다…….

"……음, 어쩌지, 마일……."

"으음, 일단 케라곤 씨가 마을로 돌아가 보고해서 어떻게 될지 결과를 기다려야……. 우리는 상인 분들의 호위 임무가 있으니까요……."

레나에게 그렇게 대답하는 마일이었는데…….

"그거 말고! 아니, 물론 그것도 중요하지만 내가 말하는 건 이 곳을 어떻게 할까, 하는 거야. 이 자들이 물러가면 군사 준비랑 군수물자를 축적한 이 나라가 어떻게 움직일 것 같아? 어떤 나라를 공격하려다가 아인과 관련해서 문제가 일어날 것 같아 그쪽은 일단 중단하고 국내용 전투 준비로 전환했는데 그 위협이 갑자기 소멸. 투입 준비가 다 된 군대와 모은 군수물자. 전쟁 특수를 기대하면서 더 많은 물자를 사들여 군에 비싼 값에 팔 준비를 하는 거상들. ……그런데 갑자기 아인들이 여기서 사라지면 어떻게 될 것 같으냐고."

"아……."

일단 틀림없이 바로 다른 나라의 침공이 시작되겠지. 이 나라의 북동쪽, '붉은 맹세'의 본거지인 티루스 왕국, 북쪽에 있는 마일의 모국 브란델 왕국, 그리고 북서쪽에 있는 바노라크 왕국 중 한 곳에.

"으~음, 어떻게 해야……."

"걱정하실 필요는 없습니다."

"네?"

마일이 고민하고 있는데, 옆에서 상인이 끼어들었다.

"원래부터 이 나라는 전쟁 준비를 하고 있었습니다. 이번 일로 잠시 중단된 것뿐이지, 언젠가는 어차피 재개될 일이지요. 이 나라 고위층이 걱정한 것처럼 이곳 아인들이 일제히 봉기라도 했다면 모르겠지만, 여기 한 곳 사라진다고 달라지진 않습니다. 어차피 지금도 병력 대부분이 놀고 있을 테니까요. 그냥 시간문제입니다. 여러분이 마음에 둘 일은 아니랍니다."

"으음, 그렇다면 그런 거겠지만……. 하지만 그렇게 되면 아인들이 물러간 후에 제국 병사들이 이곳을 조사하러 오겠죠, 아인들이 여기서 뭘 했는지 알아보기 위해. 그럼 이번엔 제국 병사 대 골렘의 싸움이 시작되어……."

티루스 왕국이 보기엔 제국 병사와 골렘이 싸우는 건 환영할 만한 일일 것이다. 마물인 골렘과의 전투에서 아주 조금이라도 제국 병사들이 피해를 보아 군 예산을 써 쓸데없는 일이 늘어난다면…….

하지만 마일은 명목상에 불과하더라도 자기 부하인 골렘들이 괜히 소모되는 것을 보고도 못 본 척하는 것은 성격상 할 수 있을 리 없었다.

"으으으으으음……, 그렇지!"

뾰~옹!

고전적인 만화 표현이 머리 위에 나타난 것만 같은, 마치 '저, 좋은 아이디어가 떠올랐어요!' 하고 말하듯 참으로 멋지고 눈부시게 빛나는 마일의 미소였다.

"그럼 그때 진 빚을 갚아주세요."

『네?』

마일의 갑작스러운 말에 어리둥절한 케라곤.

"아니, 저번에 일방적으로 저희를 죽이려 했는데도 불구하고 저희가 목숨을 구해주고 꼬리도 붙여줬잖아요? 설마 그걸『빚』이라고 생각하지 않았다거나 하는, 그런 낯짝 두꺼운 고룡이 있는 건 아니겠죠, 자긍심 높은 고룡이라는 작자가……."

『윽, 무, 물론이지! 그런 자가, 우리 고룡 중에 있을 턱이 있냐고!』

그 말을 듣고 마일이 씨익 웃었다.

'계획대로…….'

"아, 그럼 제가 한 가지 부탁을……."

폴린이 마일에 편승해 뭔가를 꾸밀 모양이었다.

레나와 메비스는 그저 어깨를 움츠릴 뿐이었다…….

제90장 철수

"저, 저게 뭐야!"

"와이번(비룡)? ……아, 아니, 그거랑 달라. 저, 저것은……."

""""""""고룡이다아아아아아~~!!""""""""

아인들의 점거 지역을 감시하고 있는 제국 병사들의 주둔지를 향해 한 마리 고룡이 곧장 날아왔다.

병사들 사이에 큰 소란이 일었다.

좌우지간 먼 옛날부터 국내에 고룡의 서식지가 있는 나라인 만큼, 고룡의 심기를 건드려 사단 하나가 전멸했다거나 영지 하나가 황무지로 변해버렸다는 일화만으로는 한참 부족했다.

그리고 설령 지략을 짜내고 수많은 희생과 맞바꾸어 고룡을 쓰러트렸다고 하더라도…….

『**우리 애를 죽인 게 너희냐…….**』

하면서, 고룡이 우르르 몰려오면 끝장이다.

그런 식으로 왕가가 멸망하고 지배층이 슬쩍 바뀐 적이 몇 번인가 있었다. 그래서 고룡을 건드는 사람은 이 나라에 아무도 없었다.

……고룡이 오면 무조건 석고대죄하고, 그래도 안 되면 다른 사람들에게 피해가 가지 않도록 조용히 죽는다. 그것이 이 나라

에 사는 사람들이 지켜야 할 의무였다.

그리고 지금, 고룡이 오고 있었다.

병사들은 그대로 굳어서 멍하니 서 있는 것 말고 할 수 있는 게 없었다.

고룡은 직진으로 날아오더니, ……병사들이 있는 곳까지 오지 않고 조금 앞쪽에 착지했다.

바위와 나무들에 가려 모습이 보이지 않게 되었는데, 아무래도 이쪽에 올 기색은 없는 것 같았다.

““““““““““……살았……, 나?””””””””””

고룡이 내린 곳은 아인들이 점거하고 있는 구역이었다.

그리고 얼마나 지났을까…….

"고룡, 날아올랐습니다!"

고룡이 착륙한 지점을 계속 지켜보던 사람이 소리치듯이 그렇게 보고했다.

좋았어, 아무 짓도 하지 않고 돌아간다!

다들 그렇게 생각했을 때…….

쿵!

돌아가기는커녕 고룡이 불과 몇 초 만에 병사들 앞에 내려앉았다.

『지휘관이 누구냐?』

((((((끝났다…….))))))

다들 그렇게 생각했지만, 이제는 이곳에 있는 모두의 목숨을 바쳐서 제국의 백성들이 입을 피해를 막는 것 말고는 방법이 없었다. 고룡과 얽히고 말았을 때의 자기희생 정신은 모든 제국 백성의 영혼에 새겨져 있었다. ……그것이 설령 어떤 악인이라 할지라도.

사람 몇 명을 아무렇지도 않게 죽이는 자는 얼마든지 있다.

그리고 수십 명을 죽이는 자도.

하지만 수만, 수십만이 자기 때문에 죽고 조국이 멸망한다면. 말 그대로 죽음의 황야로 변하여. 그리고 물론 자신의 가족과 친척도, 친구와 동료도 스승도 이웃 사람들도. 자신이 알고 있는 그리고 자신을 알고 있는 모든 인간, 모든 생물이 전부 죽는다. '그 녀석 때문이야!' 하고, 자신에게 모든 증오를 보내며 저주를 퍼부으면서…….

그것을 견딜 수 있는 자가 과연 몇 명이나 될까?

……그래서 조용히 죽는다. 저항조차 하지 않고.

그게 이곳, 제국에 사는 자들의 상식이었다.

"제가 이곳의 책임자입니다."

지휘관이 그렇게 말하며 앞으로 걸어 나왔다.

이미 마음은 바람 잔잔한 날, 거울처럼 투명한 수면과 같이 평온했다.

……아마도 모든 것을 단념하고 깨달음을 얻은 것 같은 상태리

라. 어렴풋이 미소를 머금고 있었다. 그렇다, 지금까지 고룡의 분노를 가라앉히기 위해 인신 공양으로 희생되었던 많은 선조가 그러했듯이…….

그런 지휘관을 물끄러미 쳐다본 고룡은 이렇게 말했다.

『저기 앞쪽 돌산에 별장을 지었으니 가까이 오지 마라. 돌산만 안 들어온다면 이 가도를 쓰는 건 문제 삼지 않겠다. 알겠지?』

"……네에?"

『알 · 겠 · 지?』

"아, 네에엣!"

선택의 여지도 없다.

그리고 자신이 독단으로 받아들인다고 해도 전혀 문제 될 게 없었다.

오히려 고룡과의 문제를 아무 피해 없이 마무리 짓다니, 훈장 수여는 말할 것도 없고 작위 수여까지도 꿈이 아니었다. 나라를 구한 대영웅이 아닌가. 적어도 이 행동으로 인해 처벌이나 질책의 대상이 되는 일만은 절대 없을 것이다.

『그럼 이만!』

그렇게 말한 고룡은 남동쪽, 그러니까 고룡 마을이 있는 쪽으로 날아 가버렸다.

""""""""사, 사사사, 살았다아아아아아~~!""""""""

환호성이 터지기는 했으나, 펄쩍펄쩍 뛰면서 기뻐할 기력은 조금도 남아 있지 않았기에 그 자리에 맥없이 주저앉고 마는 병사들이었다…….

*　*

"이렇게 해서 제국 병사들이 이곳에 올 확률은 상당히 낮지 않을까 싶어요."

"절대 안 오지!"

"안 오죠."

"안 오겠지……."

마일의 보고에 어이없다는 표정으로 그렇게 말하는 레나 일행.

""""""""…………."""""""""

그리고 물론, 기가 막혀 말이 나오지 않는 아인들이었다.

"이제 제국군들과 부딪쳐 싸움이 일어나지 않도록, 여러분이 소그룹으로 나누어 야밤에 몰래 철수하면 다 해결돼요. 골렘들도 제국군에게 시비 걸리지 않고 평화롭게 살 수 있을 테고……."

"병사는 물론이고 아무도 안 와! 주변 지역 출입 금지 명령이 떨어질 게 뻔하잖아! 아마 한 발짝이라도 넣었다간 참수하겠다는 강력한 명령이……."

"응, 뭐, 자칫 잘못하면 나라가 멸망할 수 있으니까 그 정도야 당연하겠네."

레나와 메비스가 황당하다는 식으로 말하며 어깨를 움츠렸다.

"……네? 그럼 고룡을 두 번이나 초주검으로 만든 마일도 위험했던 것 아닌지……."

""""………….""""

폴린의 말에 무얼 새삼스러운 말을, 하고 어깨를 힘없이 내리는 레나와 메비스였다…….

* *

고룡 케라곤이 떠나고 아인들도 오늘 밤에 철수하기로 했다.

마일은 스캐빈저를 불러내 '고룡의 꼬리, 실물 대모형(가동)'을 만들어뒀다가 만약 인간들이 정찰하러 오면 입구 구멍에서 꺼내 움직이게 한다거나, 고룡 울음소리를 내는 음향 장치, 드래곤 브레스 같은 것이 나오는 장치 등을 만들어 기만 공작을 하라고 지시해두었다. 이렇게 하면 당분간은 괜찮으리라.

또 제국의 고위층은 이 사건으로 크게 당황했을 테니 당분간은 도저히 다른 나라를 침략할 엄두도 내지 못할 것이다.

물론 대혼란에 빠졌어도 결국은 아무것도 하지 못하고 고룡의 의도를 몰라 의심암귀에 빠질 뿐이겠지. ……설마 이곳으로 당당히 들어오거나 고룡에게 나가라는 요구를 할 수 있을 리가 없다.

또 케라곤에게는 애프터서비스로 가끔 이곳에 와 달라고 부탁해두었다.

여기에 와서 뭘 하라는 것은 아니고, 그저 단순히 '여기에 고룡이 왔다'라는 실적을 만들고, 그것을 사람들에게 보여주기 위해서였다.

고룡의 입장에서는 마을에서 여기까지 오는 것쯤이야 도시에 사는 일본인이 근처 편의점을 찾는 정도의 거리조차 되지 않는다.

꼬리의 은의를 생각한다면 달에 한 번 이곳에 오는 것 정도 아무 일도 아니리라.

"자, 철수해요!"

이제 이곳에서 볼일은 완전히 끝났다.

……아니, '이 나라에서의'라고 해야 할까.

원래 이후에는 나라로 돌아갈 계획이었다. 그래서 이대로 앞으로 쭉 나아가 원래 예정대로 바다로 나가 해산물을 사들이며 해안선을 따르는 루트로 북상해 귀환할 예정이었다.

그리하여 아인들에게 인사하고 무슨 영문인지 감사 인사를 듣고는, 상인들과 함께 출발하는 '붉은 맹세'였다…….

*　*

"이번에 큰 도움을 받았습니다."

그 이후로 상단은 별 탈 없이 티루스 왕국 왕도로 돌아왔다.

상인들에게 감사 인사를 듣고 아이템 박스에 넣어두었던 상품을 융통한 분량이라든가, 나눠주었던 식사 재료비라든가, 특별보너스 등을 상당히 살을 붙인 금액으로 정산받았고, 의뢰 달성 증명서를 A 평가로 받은 '붉은 맹세'.

……뭐, A 평가가 아니고는 말이 안 되었지만…….

호위 의뢰의 보수는 의뢰 달성 증명서와 맞바꾸어 길드에서 지급하기 때문에 여기서는 받지 않는다.

이번에는 의뢰 보수액보다 지금 정산받은 금액 쪽이 훨씬 많았지만, 그건 말해봐야 아무 소용없다.

그리고 사실 '붉은 맹세'에는 그것 이상의 성과가 있었다.

"후후후, 떼돈 벌었어요……."

생글생글 기쁘다는 듯 웃는 폴린.

그렇다, 폴린은 마일이 케라곤 에게 부탁할 때 덩달아 부탁을 하나 했다.

……비늘이랑 발톱을 조금 받고 싶은데요, 라고.

케라곤은 노골적으로 싫은 티를 냈지만, 차마 거절할 용기는 나지 않았는지 뚱한 표정을 지으면서도 비늘 몇 장과 발톱의 일부를 나눠주었다.

탈피하는 것도 아니고, 생 비늘을 떼어내는 것은 꽤 아픈 듯했다. 그리고 발톱을 뽑는 건 좀 봐줘, 하고 나와서 어쩔 수 없이 '발톱 일부를 자르는' 선에서 타협했다.

비늘은 떼어낸 다음 폴린이 치유마법을 걸어주었으니 머지않아 다시 자라리라.

그리고 뒷발 발톱이 잘렸달까 조금 깎여서 의기소침해하는 케라곤이 좀 불쌍해진 마일이 발톱을 멋진 모양으로 다듬고 발톱의 표면을 멋지게 조각해주었다. 그러자 케라곤은 금방 기운을 회복하고 멋지게 포즈를 잡아보기도 하였다.

……아무래도 마음에 들었나 보다.

마일은 미사토였던 시절, 미술적 감각이 뛰어났었기 때문에 나노머신 특제 날 잘 드는 검만 있으면 그 정도의 세공 작업쯤은 식은 죽 먹기로 해냈다.

고룡의 발톱에 승천하는 용을 조각하거나 오거 또는 만티코어의 그림을 그려 넣을 수야 없겠지. 그건 마치 인간이 생쥐 그림을 새기는 짓이나 다름없는 일로, 고룡에게는 어울리지 않았다.

그래서 마일이 조각한 것은 생물이나 악마, 신 같은 그림이 아니라 멋진 문양이었다.

거기다 폴린이 검과 나이프를 만들기 위해 갈아 깎는 바람에 조금 가늘어진 발톱은 마일이 직접 다듬으면서 흉악하면서 꺼림칙한 느낌의 무기처럼 변모했다.

점점 즐거워진 마일은 케라곤으로부터 '고룡에게는 저마다 자신을 의미하는 심벌마크가 있다'는 이야기를 듣고, 앞발의 발톱 하나에 케라곤의 심벌마크를 반전해 조각했다.

"이제, 케라곤이 딱밤을 먹인 상대의 이마에는 케라곤의 마크가 찍혀 당신의 강함과 무시무시함을 평생 잊을 수 없을 거예요. ……지나치게 강해져서, 상대의 머리를 날려버리고 만 경우를 제외하고. 그리고 아인과 인간 마을을 방문할 때는 토벽과 거목에 그 부분을 찍어서 자신의 이름을 전승으로 남기는 것도 좋을 듯……."

마일의 그 말에 미친 듯이 기뻐한 케라곤은 거듭 감사 인사를 전하며 마일의 부탁을 당장 실행에 옮기기 위해 돌아갔다.

사실 마일은 그렇게 말해두면 케라곤이 앞으로 싸우게 되더라도 상대를 죽이지 않고 마크를 새기는 선에서 봐주지 않을까 하는 막연한 기대감을 품고 있었던 것뿐이었지만.

"후우, 보람된 일을 했어요……."

마일은 무척 만족스러워 보였다.

"후후후, 발톱이 이만큼이나 있으면 쇼트 쇼드랑 나이프를 몇 개씩 만들 수 있어요! 고룡 발톱으로 만든 검과 나이프라니, 들어본 적도 없어요. 과연 값이 얼마나 붙으려나……."

폴린 역시 만족스러운 미소를 짓고 있었다.

하긴, 탈피할 때 비늘을 뽑아두었다가 감사한 마음, 미안한 마음을 전할 때 건네는 고룡은 이따금 있지만, 발톱을 뽑아 주었다는 이야기는 아무도 들어본 적이 없다. 고룡들의 무덤을 파헤치기라도 하지 않는 한 구할 길도 없을 것 같고, 만약 그런 짓을 했다간 범인은 물론 그자가 소속된 나라 자체가 소멸하겠지.

"물론 고룡에게서 떼 낸 시점에 고룡의 몸을 감싼 마력의 범위 밖으로 나가는 거니까 강도는 좀 떨어지겠지만, 그래도 무척 단단하다는 건 변함이 없는 데다, 애당초 그런 걸 실전에 쓰는 사람 자체가 없을 테니, 아마 국보로 왕궁 보물 창고에 보관되거나 신전에서 제사 때 쓰는 정도겠지."

"뭐, 그런 걸 실전에서 쓰는 바보는 없을 테니까. 그건 마치 순금으로 된 검을 쓰는 것이나 마찬가지야."

메비스와 레나의 말이 맞았다.

순금으로 된 검은 비싸고 무겁고 너무 무르기 때문에 한 번만 겨루어도 확 휘어버리고 말겠지. 부드러운 만큼 부러지지는 않겠지만, 검의 본래 구실은 도저히 할 수가 없다.

고룡 발톱은 그 정도로 심하지는 않고, 실용적으로도 잘 견딜 수 있는 굳기이겠지만, 그렇게 비싼 것을 평소에 쓰는 무기로 만들려는 자는 없으리라.

하지만 그건 딱히 '고룡의 발톱으로 만든 검과 나이프'의 가치를 낮게 보는 게 아니다. 반대로 '가치가 지나치게 높아서, 실용품으로 사용할 수 없다'는 것뿐이다.

"하지만 그건 제국 말고 다른 나라에 가서 파는 게 좋겠죠. 제국은 역사적인 관계 때문인지, 고룡에 대한 공포심과 외경심이 지나치게 강해요. 그러니 그런 걸 보여주면 과연 어떻게 될지……."

폴린의 말에 고개를 끄덕이는 레나 일행.

그리하여 고룡의 발톱으로 된 검과 나이프는 당분간 팔지 않고 보관하기로 했다.

발톱을 가공해 제작하는 것은 마일이 짬을 내서 할 예정이었다.

……이런 걸 대장간에 가져갔다간 난리가 날 거고, 애당초 금속이 아니므로 대장장이도 곤혹스러워할 테니…….

* *

그리하여 얼마간 평범한……그녀들이 보기엔 평범한…… 생활을 하던 '붉은 맹세'였는데, 어느 날…….

"『붉은 맹세』 여러분에게 길드편으로 편지가 와 있습니다."

길드 지부의 접수원으로부터 한 통의 편지를 건네받았다.

"보낸 이는……, 뭐야, 이 이상한 문장은……."

"문장?"

편지 발송인 자리에 문장을 쓰는 건 귀족 아니면 왕족뿐이다.

그런 방면에 잘 아는 메비스가 서둘러 레나가 쥔 편지를 들여다 보니…….

“아, 이거, 귀족이나 왕족의 문장이 아니야. 문장으로서의 체재를 갖추지 않았고, 규칙에도 안 맞고…….”

“그런데 왠지 어디서 본 듯한…….”

메비스에 이어서 폴린도 고개를 갸우뚱거렸다.

그리고 잠시 생각에 잠겼던 마일이…….

“아, 이거, 제가 판 거예요!”

““““뭐?””””

그렇다, 그것은 마일이 케라곤의 발톱에 새겨준 그 ‘케라곤의 심벌마크’였다.

물론 크기가 전혀 달라 그걸 그대로 찍을 수 없었을 테니, 똑같이 그린 거겠지만…….

“마크를 반전시켜서 팠으니까, 순간 못 알아봤어요!”

그렇게 말하며 아하하 웃는 마일.

“그런데 그 커다란 손으로 깃털 펜을 쥐고 쓴 걸까요? 꽤 섬세한…….”

“아인 아니면 다른 누군가에게 쓰라고 시켰겠지, 당연히! 아, 그런 건 아무래도 좋아! 문제는 안에 뭐라고 쓰여 있느냐는 거지!”

““““하긴…….””””

레나의 말에 납득했다는 듯 고개를 끄덕이는 세 사람이었다.

그리고 어느새 편지를 준 접수원뿐 아니라 다른 길드 직원과 헌터들까지 이쪽을 보며 귀를 기울이고 있었다.

""""""…………."""""""

그리하여 서둘러 그 자리를 떠나는 '붉은 맹세'였다…….

제91장 호출

“……호출?”

그 후 서둘러 숙소로 돌아간 네 사람은 방에 들어가 편지를 뜯었다.

편지에 쓰인 내용은…….

“네, 내용을 요약하면 『체육관 뒤로 잠깐 나와』입니다.”

“그게 무슨 요약이야……. 『체육관』은 또 뭐고…….”

마일의 그 대답에 어깨를 축 늘어뜨리는 레나. 아직 수련이 부족했다. 메비스는 적응해서 그저 가볍게 넘기는데도…….

“여하튼 고룡들의 호출이에요. 우리가 가지 않으면 그쪽이 이곳으로 오겠대요.”

그건 누가 봐도 ‘협박’이었는데, 마일은 눈치채지 못했다.

“““““…………….”””””

“용건이 있는 건 다른 쪽 같고, 케라곤 씨는 그냥 대신 연락했을 뿐인가 봐요.”

마일의 말에 레나가 황당하다며 어깨를 움츠렸다.

“그거, 『나쁜 이야기』 확정 아니야? 문제가 없었으면 굳이 이렇게 연락하지 않을 거고, 단순한 연락사항이나 알려줄 소식이 있는 거라면 편지로 쓰면 그만이고, 사소한 일이라면 그 고룡이 와서 수인의 안내로 어느 왕도 근처 숲이나 산에서 만나면 끝나는데 말이야. 그런데 굳이 다른 고룡을 만나라는 건……."

"형님, 이 녀석들입니다, 같은 건가?"

씁쓸하게 웃으며 그렇게 말하는 메비스.

뭐, 그때 케라곤의 상태를 생각해보면 그건 아닌 듯하지만, 케라곤보다 상위인 고룡이 '붉은 맹세'의 입장에서는 그다지 달갑지 않은 용건으로 만나고 싶어 한다는 점은 틀림없었다.

"거절해서 고룡이 왕도에 떼로 몰려와도 곤란하겠죠……."

"오게 할 수야 없죠!"

"그럼 인룡대전이 되어버린다고……."

'인룡대전'이란 인간종과 용종의 전면 전쟁을 그린 옛날이야기이다.

다만 어디까지나 창작이었고, 과거에 그런 일이 있었다는 사실은 없다.

……참고로 이건 정말 옛날부터 전해오는 이야기로, 미아마 사토데일 선생과는 아무런 연관이 없다.

"……가는 수밖에 없어."

"가는 수밖에 없네요."

"가는 수밖에 없지."

"가자, 페가스!" (만화 『우주의 기사 테카맨』의 서포트 로봇)

""""……누구야? 『페가스』는…….""""

그렇다, '붉은 맹세'에게는 그것 말고 다른 선택지가 없었다.

아무리 가기 싫어도, 아무리 무시하고 싶어도. 그리고 아무리 도망치고 싶어도.

연락을 무시당해 화 난 고룡이 만약 이곳, 티루스 왕국 왕도에 온다면.

……그렇게 생각하니, 만약 다른 선택지가 있었다고 해도 절대 고를 수가 없었다.

그, 친구를 배신한다는 선택지 이외에는 고를 수가 없었던 상인 가레이다르처럼…….

*　*

"……그리하여 오게 되었습니다, 아르반 제국의 동부 지역, 비교적 바다와 가까운 곳……. 네, 『고룡 마을』의 근처입니다!"

"……누구한테 설명하니……."

연기하는 듯한 말투로, 이미 모두가 알고 있는 사실을 의기양양하게 말하는 마일을 보면서 레나가 황당해했다. 늘 있는 일이다.

"그나저나 굳이 여기까지 불러내다니……."

"고룡 입장에서는 이 정도 거리야 순식간일 테니까, 남이 이동에 걸리는 시간이라든지 고생 따위는 모르는 거 아닐까?"

폴린의 푸념에 그렇게 대답하는 메비스.

"그럴지도 모르겠네요. 뭐, 티루스 왕국 왕도에 와도 곤란하니까……."

그리하여 다시 아르반 제국, 고룡의 마을 근처까지 찾아온 '붉은 맹세' 일행이었다.

"지정한 장소는 대충 이 근방인 것 같은데, 목표물이 있는 것도 아니고 시간도 딱히 정하지 않았고…… 고룡이라면 몸이 거대하니까 눈에 잘 띄지만, 아마 최초의 접촉(퍼스트 컨택트)은 마족 아니면 수인일 테니, 찾기 조금 귀찮……."

"있어요, 저기예요!"

"""""…………."""""

레나가 말하는 중간에 눈치도 없이 말을 끊어버린 마일.

그렇다, 늘 있는 일이었다. 늘 있는…….

"……『붉은 맹세』인가?"

상대도 이쪽을 알아보고 가까이 다가와 물었다.

그는 수인이었다. 아무래도 며칠 전부터 쭉 이곳에서 기다리고 있었던 모양인지, 근처에 텐트가 쳐져 있었다.

"케라곤의 심부름꾼?"

"맞아. 상공을 향해 파이어 볼을 세 발만 쏘아주게."

매번 그래서 황당해하는 네 사람이었지만…….

"수인은 마법을 못 쓰는 자가 많다고, 별 방법이 없잖아! 그럼 어떻게 할까? 지금부터 내가 착화용 나뭇가지랑 모닥불용 장작이랑 연기를 피워 올리기 위한 나무들을 모아 불을 붙이고 봉화 준비를 할 때까지 기다릴래? 어?!"

""""잘못했습니다. 파이어 볼을 쏘아 올리겠습니다……."""""

그리고 마일이 파이어 볼 세 발을 쏜 뒤 잠시 기다리자 고룡이 날아왔다.

……그 수는, 아홉 마리.

"우왓, 우르르 몰려왔네!"(『루팡3세 칼리오스트로의 성』에서 루팡이 한 대사)

""""너무 많잖아!""""

이렇게 대인수로…… 아니, 대룡수로 올 계획이면 티루스 왕국이 아니라 이쪽으로 부를 수밖에 없다. 이렇게 많은 고룡이 인간의 주거지역 상공을 날면 그것만으로도 온 대륙에 큰 소동이 일어나고 말 것이다. 아마 각국의 군대가 총동원되고, 비상태세가 발령될 정도로는…….

쿵, 쿵, 쿵…….

'붉은 맹세'의 앞에 하나둘 착지하는 고룡들.

그리고 아홉 마리가 여섯, 둘, 하나로 각각 그룹을 만들어 섰다. 두 마리로 된 그룹에서 한 마리가 마일 일행에게 말을 걸었다.

『오랜만이네, '붉은 맹세' 제군…….』

'데슬러 총통이냣!'(『우주전함 야마토』의 등장인물)

이럴 때도 한결같은 마일.

"만난 지 얼마 되지도 않았잖아요, 케라곤 씨……."

『나다! 베레데테스라고!』

『……그리고 아마 분간하기 어렵겠지만 내가 케라곤이다…….』

또 다른 고룡이 그렇게 말하며 옆에서 끼어들었다.

"우리가 분간 못 한다는 걸 알면 처음부터 이름을 밝히라고!"

『『…………….』』

레나의 따끔한 지적에 불만스러운 얼굴인 베레데테스와 케라곤. ……그건 어쩔 수 없겠지.

"그런데 거기 신규 씨들은……."

마일이 화제를 돌리자, 그제야 자신들의 역할이 생각난 듯한 베레데테스와 케라곤.

물론 그 역할이란 신규 씨와 '붉은 맹세'를 연결하는 일이었다.

그리고 둘 중 상위자이자 호출 편지를 보낸 장본인인 케라곤이 신규 멤버를 소개해주었다.

『여기 계신 분은 우리의 지도자 레이룬 님이시다. 그리고 저쪽은 전사부대의 정예들이고.』

"아, 얼마 전까지 케라곤 씨가 소속되어 있었다는……."

『그 이야기는 하지 마!』

아무래도 원하지 않는 화제 같았다.

"'보통 그 대목에서 그 화제를 꺼낼 수는 없지 않나…….'"

그리고 변함없는 마일의 눈치 없는 행동에 어이없어하는 레나 일행.

"저기~, 한 가지 질문해도 돼요?"

『무엇을?』

마일이 갑자기 묻자 말해보라는 듯 억양으로 뒷말을 재촉하는 케라곤.

마일은 의문스러웠던 점을 거침없이 내뱉고 말았다.

“저기, 저희와 정면으로 마주 보고 있는데, 전사 여러분은 지도자 씨의 호위 위치에 서지 않아도 괜찮아요?”

『『『『『『…………』』』』』』

마일의 말에 경악해서 굳어버린 케라곤과 베레데테스.

여섯 마리의 전사들은 그대로 얼어붙었다.

그리고 끼긱끼긱, 하는 의성어가 들리는 것만 같은 동작으로 지도자 쪽을 돌아보는 고룡 여덟 마리.

……화나 있었다.

지도자, 격하게 화나 있었다.

마일의 그 말은 ‘너, 인간 소녀 네 명한테 공격당할 수 있으니까 다른 고룡들이 보호해줘야 할 텐데’ 하는 뜻이나 마찬가지……라고나 할까, 그냥 그렇게 말한 거다.

그것은 아직 세상 물정을 모르고, ‘고룡의 힘은 세계 최강!’이라고 생각하는 젊은피들이 도저히 그냥 듣고 넘길 수 없는 말이었는데…….

『너, 너, 너너너…….』

“‘아차~…….’”

저지르고 말았다.

그것을 분명히 안, 마일 이외의 세 사람.

젊은 지도자를 제외하고, 고룡 여덟 마리의 얼굴 역시 굳어 있는……것 같은 느낌이 들었다. 고룡의 표정을 인간이 알 수는 없지만…….

『꼬, 꼬, 고…….』

'닭인가? 그러고 보니 닭의 선조가 공룡이라는 말을 들은 적이…….'

『고작 하등생물 주제에에에에! 』

"'아~…….'"

이거 야단났네, 하는 표정으로 머리를 감싸 안는 레나 일행.

아무래도 대화를 시작하기도 전에 결렬되어 버릴 것 같았다.

하지만 지금은 연장자이자 경험이 많은 고룡이 나설 차례였다.

『지도자님, 하등생물의 어리석은 언동을 웃으며 넓게 지켜봐 주는 것이야말로 대룡(어른)이 아닐지…….』

『음……, 그것도 그런가…….』

전사부대 리더의 말에 바로 기분을 푸는 지도자.

……참 쉽다.

'고룡은 인간보다 머리가 좋다는 이야기, 그거 정말일까…….'

'붉은 맹세'의 머릿속에 문득 그런 의문이 떠올랐다.

하지만 지도자가 이전에 베레데테스가 말했던 어린 용 특유의 병, '나는 강하고 현명한 고룡종이니까 세계에 군림해 멍청한 자들을 이끌어줘야 한다 병'에 걸려 있는 것 같으니, 이건 이 개체만 그런 건지도 모른다. 이제 더는 어린 용이라고 부를 나이가 아님에도 불구하고, 이런 상황이니까…….

겨우 안정을 되찾은 듯한 지도자가 마일 일행에게 말하기 시작했다.

『그럼 이번 회합의 본론으로 들어가지. 우리 고룡을 몇 차례나 거역한 너희에게 죽음을 주기로 하였다.』

""""달래서 차분하게 만든 의미가 하나도 없잖아아아아~~!!""""

'……나노. 나노들은 상공에 몇 피트 정도까지 있어?'

이거 곤란하게 됐다 싶었던 마일이 나노머신과 몰래 대화를 시작했다.

참고로 마일은 전생의 아버지가 항공 관련 일을 했기 때문에 고도에 대해 말할 때는 미터가 아니라 피트를 쓰는 습관이 있었다.

【저희를 쓸 수 있는 생물이 없는 장소에는 있어 봐야 무의미하므로, 너무 높은 곳까지는 가지 않습니다. 새나 와이번(비룡)이 나는 높이 정도까지입니다.】

'그럼 지금부터 더 높은 데까지 갈 수 있어?'

【네, 물론! 권한 레벨 5인 마일 님의 지시라면 근무 장소가 고정된 자들 말고 유격팀을 일시적으로 보낼 수 있습니다. 또 마일 님이라면 이동 중에 사념파 도달권에서 벗어나더라도 미리 하신 명령이 계속 유지 가능합니다. 그리고 명령을 계속 이행 중인 자에게, 근처에 있는 자를 통해 지시를 전달하시면…….】

'수만 피트 상공의 나노머신들에게 임기응변으로 세세한 지시를 내릴 수 있다는 건가…….'

【그러합니다.】

'좋아, 그럼 임무가 없는 나노머신들은 이 근처 상공으로 이동해!'

그리하여 수많은 나노머신이 빠른 속도로 이동하기 시작했다.
위로. 위로. 위로…….

"뭐라는 건지 모르겠네! 그, 웬스인가 하는 게 먼저 시비를 걸었고, 케라곤 쪽 세 마리가 일방적으로 공격한 거고, 또 며칠 전에는 제국군이랑 아인들의 싸움이 일어나려는 걸 잘 수습해준 것밖에 없는데! 사과나 고맙다고 인사를 해도 모자랄 판에! 왜 우리가 일방적으로 죽어야 하는데? 이상하잖아?!"

레나가 분통을 터트리며 그렇게 주장했고 나머지 멤버가 고개를 마구 끄덕였지만, 지도자는 조금도 개의치 않았다.

『그건 내 알 바 아니지! 우리 위대한 고룡을 거역한 게 잘못이다. 자업자득이라고! 너희도 얼굴 주위를 윙윙거리면서 귀찮게 맴도는 파리나 모기가 있으면 때려죽이고 싶지 않아?』

""""""…………."""""""

파리나 모기.

그렇게 말하니 이제 어쩔 도리가 없었다.

과연 인간도 물렸든 아니든 모기가 귓가에서 앵앵거리면 잡아 죽인다.

베레데테스나 케라곤은 인간을 '무력한 소동물' 정도로는 생각해 주었다. 그리고 그 소녀 용 셰라라는 아기고양이 정도로 여기는 듯했었다.

하지만 이 '지도자'는 인간을 '자신을 짜증 나게 만드는 해충' 정도로만 여겼다. ……이래서는 무슨 말을 해도 소용없겠지.

그저 자기 입으로 사형 선고를 내려, '붉은 맹세'가 공포에 질려 몸을 떨면서 발버둥 치고 죽어가는 모습을 보며 속이 후련해지는 기분을 느끼고 싶었을 뿐. 그래서 일부러 마을 가까이 부른 것이다. 많은 고룡이 인간의 서식지에 가기에는 문제가 있고, 자신이 동행하기도 귀찮았으니까.

……그렇다, 처음부터 그럴 생각이었겠지.

하지만 그건 당연히 '붉은 맹세'도 예상 못 했던 게 아니다. 케라곤도 그럴 가능성을 내비쳤었다. 그래서 당연히, 아무 대책도 없이 이곳으로 오지는 않았다.

'울트라 슈퍼 디럭스 핫마법, 발동 준비……. 붉은 지옥, 풀 파워…….'

'불타올라라 마음이여, 떨려라 나의 영혼이여……. 그리고 마일의 이름 아래, 메비스가 명한다! 나의 애검이여, 원래의 모습으로!'

주머니 안에서 '마이크로스' 용기를 꼭 움켜쥔 메비스.

'쿠리하라 미사토, 아델 폰 아스컴, 그리고 마일이 명한다……. 나노머신! 아이 커맨드 유우…….'

'기름, 증점제, 압축 공기……. 화염 직격탄, 발사 준비…….'

레나가 항의하는 사이에 다들 저마다 머릿속으로 주문을 외우며 전투 준비에 들어갔다. 그리고 레나 역시도 말하면서 속으로 공격 준비를 했다.

『지도자님, 기다려 주십시오! 아무런 이유도 없이 소동물을 해치

는 것은 장로님의 가르침에 어긋납니다!』

『아직 태어난 지 고작 십여 년밖에 되지 않은 유생체입니다! 자비를 베푸시어…….』

『시끄러워! 자, 무릎 꿇고 사죄하면서 목숨을 구걸해라! ……물론 그래도 용서해줄 생각은 없지만!』

베레데테스와 케라곤이 작심하고 끼어들었지만, 지도자는 조금도 들으려 하지 않았다.

이제 충언과 간언도 지도자의 귀에 닿지 않았다.

지도자가 조금도 귀를 기울이려 하지 않자, 레나 일행은 완전히 단념했다.

그런 상대와는 아무리 말해 봐야 시간 낭비일 뿐. 뭐, 원래 고룡이 인간 나부랭이와 대등하게 대화해주리라 생각한 게 잘못인지도 모르지만.

베레데테스와 케라곤은 철저히 패배당한 후 '붉은 맹세'가 베푼 온정에 대한 은의도 있겠지만, 원래 소동물에 대한 보호욕이 컸으리라. 아니면 인간이 궁지에 빠진 자신을 도와준 개나 고양이에게 품는 정도의 고마움을 가지고 있다거나…….

베레데테스와 케라곤은 이제 단념한 얼굴이었다. 여섯 마리의 전사들도 곤혹스러워했지만, 고작 하등생물 네 마리를 위하여 위험을 무릅쓰고 지도자에게 충고할 생각은 눈곱만큼도 없어 보였다.

약속한 대로 베레데테스와 케라곤은 나서지 않고 지도자는 그냥 보고 있기만 해도, 마일 일행은 고룡 전사 여섯 마리를 상대해야 했다. 그것도 저번처럼 한 마리씩이 아니라 아마 여섯 마리 전체와 동시에…….

((((큰일인데, 이거…….))))

서로 눈으로 신호를 주고받으며, 어떻게든 원만하게 수습하려는 노력은 하지 않기로 한 네 사람.

그렇다면 남은 것은…….

"아~, 어른들이 오냐오냐 예쁘다고만 해서 세상 물정도 모르는 꼬맹이가……."

"베이비시터 여러분, 정말 고생이 정말 많으십니다. 그 심정, 충분히 이해합니다……."

"고룡 중에도 머리 나쁜 개체가 있었군요……."

"꼬리를 확 잘라버려?"

『**흐엑…….**』

마지막 메비스의 대사에 무심코 꼬리를 가랑이 사이에 넣고 잔뜩 움츠러드는 모 고룡.

그렇다, 피할 수 없는 싸움이라면 상대를 도발해 평상심을 잃게 만드는 것이 유리하다.

직접 상대할 전사들은 별로 동요하지 않더라도 그들에게 지시를 내리는 지도자가 정상적인 판단력을 잃으면 이쪽이 다소 유리해질지 모른다.

아주 미세한 효과밖에 없다고 하더라도 계속 시도한다면 어느 순간 두 배, 세 배의 효과를 보이리라…….

『**윽……. 주, 죽여라아아아앗!**』

별로 내키지는 않아도 소동물 몇 마리 죽이는 것 정도, 전사들에게는 주저할 만한 일이 아니었다. 그래서 마일 일행을 향해 발을 떼기 시작한 여섯 마리의 고룡들.

"네, 저쪽 지휘관의 부당한 살해 명령, 그리고 그 명령에 따라 우리에게 다가오는 여섯 마리의 고룡! 정당방위 조건, 성립했습니다!"

그렇다, 마일이 말한 대로 이렇게 해서 만약 '붉은 맹세'가 지도자를 죽이더라도 정당방위를 주장할 수 있게 되었다. 지금은 어쩔 수 없이 지도자의 명령에 따르는 어른 공룡들이었지만, 지도자가 사라지면 슬프긴 해도 그것을 이유로 들어 인간들에게 싸움을 걸어오지는 않을 것이다.

원래 고룡들은 지적이고 성격이 온순한 종족인 것이다. 그 '나는 강하고 현명한 고룡종이니까 세계에 군림해 멍청한 자들을 이끌어줘야 한다 병'에 걸린 어린 용을 제외하고…….

그래서 모처럼 '마법의 정령에게 사랑받는 존재'를 잃었다는 사실에 슬퍼하고, 제대로 교육하고 지도하지 않았다는 점을 반성하긴 하더라도 고룡 쪽에 분명히 잘못이 있으며 단지 공격받아서 반격했을 뿐인 인간종을 어떻게 하지는 않을 것이다.

……그렇다, '미안하다'며 비늘 몇 장을 떼어주는, 수십 년에서 수백 년에 한 번 있다는 그 패턴이리라.

그래서…….

"올 웨폰 프리(모든 무기 사용 자유)입니다!"

마일의 말에 알았다는 대답도 없이 일제히 쏟아지는, 영창을 끝낸 상태로 보류해두었던 레나와 폴린의 마법. 그리고 메비스는 주머니에서 꺼낸 '마이크로스'를 단숨에 마셨다.

일일이 몇 개나 되는 뚜껑을 열지 않아도 되도록 이번 일을 위해 만든 특제 큰 병이었다. 용량은 일반 크기의 세 배. 그리고 위험도를 드러내기 위해 병은 빨간색이었다. ……세 배니까.

이 큰 병 제조를 부탁받았을 때 마일은 완강히 저항했지만, 메비스로부터 '골절을 입거나 허벅지가 찢어지는 걸 피하려다가 죽는다면 그게 무슨 의미가 있겠어?'라는 말에 반론하지 못했다.

게다가 의수인 왼팔의 반동에 의한 신체 부담을 없애기 위해 미리 처치해두었기 때문에, 지금은 몸이 예전처럼 과부하가 걸릴 일도 없었다. 그래서 마일은 내키지 않지만, 의지를 꺾을 수밖에 없었다.

"화염 직격탄, 발사!"
"붉은 지옥!"
"엑스트라(Ex) 진 신속검 삼의 진검, 『참룡검』!"
"……페이저 빔(위상광선), 발사!"

슝!
콰앙!
휘익!
펑! 펑! 펑!

그리하여 '인룡대전'이 시작되었다…….

작가 후기

여러분, 오랜만입니다, FUNA입니다.

『능균』, 드디어 12권입니다.

……그래요, 사실 본 작품의 공식 약칭은『평균치』가 아니라『능균』(일본어로 '능균(のうきん)'은 '뇌근(脳筋, 근육뇌)'과 발음이 같다)이죠.

『평균치』로 검색하면 다른 게 잔뜩 나오기도 하고, 상표 등록 문제라든지 애니메이션 제작에도 여러 가지로 지장이 있으므로…….

A "이 부분에 음성 레벨, 어떻게 할까요?"

B "어?『평균치』?"

A "아, 평균치로요? 알겠습니다!"

B "……응? 무슨 말을 하고 싶었던 거야?"

마일 "전부 상상인데요……."

레나 "상상이냐!"

여하튼 상인들을 호위하며 적지, 제국령 여행.

그리고 휘말린 '분쟁'에 또다시 등장한 '그것'.

'붉은 맹세', 파워풀 전투 개시!

'붉은 맹세'의 전투는, 그리고 세계의 명운은…….

메비스 "그러고 보니 만화판 나노 말인데, 와프로 닮지 않았어?" (국내에는 『절대무적 콤콤보이』로 소개된 만화 『겐지통신 아게다마』의 등장인물)

레나 "너 또 아무도 모르는 소리를……."

폴린 "칼빈스 가의 아버지, 토리 준장……." (만화 『우주가족 칼빈슨』의 등장인물)

레나 "안 닮았다고!"

10월 7일 늦은 밤을 시작으로, 애니메이션이 전국 그리고 세계 각지에 방영, 배포되었습니다!

우선 처음 몇 화를 봐주세요! 보다가 말지 끝까지 볼지는 그 이후에 판단해주시면…….

그리고 이 작품과 동시에 발간되는 본편 만화 4권, 스핀오프 만화 1권도 잘 부탁드립니다!

또 12~13살 정도로 보이는 빈유 소녀 3부작 『노후를 대비해 이 세계에서 금화 8만 개를 모읍니다』 5권은 8월 30일에 출간을 마쳤고, 『포션빨로 연명합니다!』 5권은 10월 3일, 두 작품의 만화 5권들은 12월에 출간 예정입니다.

『능균치』 애니메이션 방영에 편승한 FUNA 시리즈의 연속 간행, 부디, 잘 부탁드립니다!

그리고 다른 작품의 애니화 야망도 절대 포기하지 않았습니다아아앗!

그겁니다.

……또 한 걸음, 야망에 다가갔다…….

아아, 그러고 보니 위키피디아에 『FUNA』 항목과 『저, 능력은 평균치로 해달라고 말했잖아요!』라는 항목이 생겼습니다.

『저, 능력은 평균치로 해달라고 말했잖아요!』라는 항목의 상세 페이지에 비해 『FUNA』 항목은 내용이 무척 짧았던…….

그리고 『노후를 대비해 이세계에서 금화 8만 개를 모읍니다』, 『포션빨로 연명합니다!』는 항목조차 없던…….

아니, 뭐 꼭 '만들어 달라'고 재촉하는 건 아니고요…….

마지막으로 담당 편집자님, 일러스트레이터 아카타 이츠키 님, 책 디자이너 야마카미 요이치 님, 교정교열 및 인쇄, 제본, 유통, 서점 등에 종사하시는 관계자 여러분, 감상과 지적, 제안, 충고, 아이디어 등을 아낌없이 주시는 '소설가가 되자' 감상란의 여러분, 그리고 무엇보다도 이 작품을 읽어주신 여러분께 진심으로 감사드립니다.

그럼 또 다음 권에서 만나 뵐 수 있기를 기대하며…….

FUNA

후기…… 같은 것
애니메이션도 만화도 나노짱 귀여워!
애니메이션
나노짱
← 정말 그리기
쉬움!
소설 나노짱,
이런 묘사여서
정말 미안합니다……
만화 나노짱은 애교가 넘치네!
이제 애니메이션이 방영되고 있죠……
감회 깊네요…… 애니메이션도 잘 부탁드립니다!

亜方逸樹
아카타 이츠키

저, 능력은 평균치로 해달라고 말했잖아요! 12

2020년 4월 8일 1판 1쇄 인쇄
2020년 4월 15일 1판 1쇄 발행

저 자 FUNA
일러스트 아카타 이츠키
옮 긴 이 조민정
발 행 인 유재옥
본 부 장 조병권
담당편집자 조찬희
편 집 1팀 정영길 김민지 조찬희
편 집 2팀 김다솜 이본느
편 집 3팀 오준영
미 술 강혜린 박은정
라이츠담당 김슬비 한주원
디 지 털 박상섭 박지혜 이성호
발 행 처 ㈜소미미디어
등 록 제2015-000008호
주 소 서울시 마포구 토정로222, 403호 (신수동, 한국출판콘텐츠센터)
판 매 ㈜소미미디어
마 케 팅 한민지 한주원
물 류 허석용 최태욱
전 화 편집부 (070)4164-3962, 3963 기획실 (02)567-3388
판매 및 마케팅 (070)4165-6888, Fax (02)322-7665

ISBN 979-11-6507-573-6 04830
ISBN 979-11-5710-478-9 (세트)